COLLECTION SÉRIE NOIRE
Créée par Marcel Duhamel

Parutions du mois

LAURENT MARTIN

La tribu
des morts

GALLIMARD

Ce roman a bénéficié de l'aide
à l'écriture du Centre National des Lettres

« Moto te a ben nyao mboa o mundi ma bedimo »
Tout homme est de la tribu des morts

Proverbe bantou

« À leurs yeux, je suis plus fictif qu'un masque »
YANG LIAN

Prologue

Attaché, les pieds, les poings, liés. Et ce sentiment que ma vie ne vaut plus grand-chose.

Il fait sombre. La pièce sent le moisi. Une canalisation goutte, goutte, lentement sur le béton du sol.

Une mâchoire douloureuse, une fièvre assaillante, une envie de pisser, un corps qui ne répond plus.

Je sais maintenant que je vais crever avant l'heure. Personne pour me délivrer.

Ce n'est pas vraiment la fin prévue. Pourtant...

Mes pensées s'éparpillent. Je ferme les yeux. Trois larmes glacées qui me glissent sur la joue. Je pense à la chanson de Craonne. *Adieu la vie, adieu l'amour, adieu toutes les femmes...*

Et tout revient. Tout. En fragments ordonnés.

1

Là, couché, vautré, sur le canapé, trois verres de cognac dans mon estomac vide. Les idées devenues bancales, la feuille de papier à la main, les chiffres, les mots, incompréhensibles. Sauf le discours du toubib. Anémie. Affaibli. Sang pourri.

Je m'en suis rendu compte l'hiver dernier. J'étais crevé, j'avais maigri, vieilli. Ma femme m'a dit d'aller consulter. Depuis j'ai obéi. J'ai eu tort.

Et ce sentiment d'usure de mon existence. Et cet air pesant qui me rentre à peine dans les poumons.

Est-ce bien mérité tout ça ? Quelques mauvaises actions, quelques mauvaises pensées, que Bouddha, Jésus, et la clique, me font payer chèrement. Avec les intérêts.

Pourtant, je n'ai pas été un mauvais type jusqu'à présent.

Je balance la feuille d'analyses sur le sol. J'avale un autre verre de cognac. Mon corps à nouveau se charge d'alcool, une vague de chaleur m'envahit, mon esprit s'envole, légèrement, infiniment.

Mais. Mais une sonnerie hurlante brise mon élévation au-dessus des nuées.

Mon esprit confus, confit, redescend sur terre.

J'hésite. Me lever. Répondre au téléphone. J'aurais dû resté couché, vautré.

Maintenant je le regrette. Mais c'est trop tard.

— Oui !

La voix de mon supérieur.

— Tu es revenu ?

La question me fait sourire.

— Faut croire !

— J'ai un boulot pour toi !

— Un boulot ? Quel genre ?

— Du genre qui va te plaire. C'est rouge et c'est noir.

— Laisse tomber les devinettes littéraires ! Je ne suis pas d'humeur.

— Qu'est-ce qui t'arrive ?

— Rien ! Vas-y ! Raconte !

— Un cadavre, bien sanglant, découpé au couteau.

— Pourquoi noir ?

— Parce que c'est un Zaïrois.

Original. Je demande l'adresse.

Lui, pour finir, en forme d'excuse.

— J'ai pensé à toi, vu que tu es né en Afrique.

— Ouais ! Mais c'était y a longtemps ! Très longtemps !

Je raccroche.

Dans la salle de bains. La tête passée sous l'eau. Je suis pas vraiment beau à voir. Dommage ! Avant j'avais une belle gueule. Avant !

Retour dans le salon. Un regard lourd de dégoût sur mon quotidien. Penser à changer le décors. Ras le bol de ce bleu aux murs, de ces meubles vieillis, de cette atmosphère.

Je ramasse la feuille d'analyses. Surtout ne pas la montrer à ma femme. Elle le saura, mais plus tard, quand je serai prêt.

Et je sors.

*

Au pied de l'immeuble, une petite tour HLM de quelconque apparence, déjà un véhicule de pompier, deux voitures de police, une dizaine de badauds. L'agitation banale de tous les drames urbains. Je reconnais la voiture noire de Galland, le légiste.

Je monte au troisième étage. L'appartement est gardé par un flic en uniforme. Il fait un signe en me voyant.

La porte d'entrée a été forcée.

Le sol est recouvert d'eau. Des serviettes l'empêchent de se répandre, de gagner le couloir de l'immeuble.

Je demande.

— Une inondation ?

Le flic de garde me répond, parle d'un robinet de la cuisine resté ouvert.

À l'intérieur.

Je fais patauger mes belles chaussures en cuir, en cuir brun.

Dans le salon.

Galland et un photographe que j'ai jamais vu avant s'affairent autour d'un corps. Krief, mon collègue, un grand type brun d'une trentaine d'années, inspecte les meubles. Un pompier, un peu plus loin, installe un appareil de pompage.

Je distribue à tout ce monde quelques salutations fatiguées.

J'interroge Krief.

— Qui est-ce ?

Un grand sourire. Sans doute a-t-il remarqué ma gueule défaite, mon teint gris, ma barbe de trois jours. Pourtant j'ai mis une cravate.

— Un certain Étienne Tchumo. Citoyen zaïrois. Âgé de 38 ans. En situation régulière.

Le corps repose sur le dos. Le trépassé porte un short vert. Rien d'autre. Une de ses jambes est pliée en deux. Ses bras sont presque en croix. Son torse et ses avant-bras portent de larges estafilades sanglantes. Du sang a coulé des blessures, s'est mélangé à l'eau pour former de jolies auréoles, rouges, rougeâtres, décolorées à la longue.

Je demande à Galland.

— Premières impressions ?

— Je dirais que la mort remonte à une douzaine d'heures.

Un rapide calcul. Hier soir vers minuit.

— Quoi d'autre ?

— L'arme. Je pense à une sorte de machette.

— Pourquoi ?

— La forme des plaies. La machette, ou tout instrument équivalent, provoque des blessures particulières. Elles sont profondes à l'impact, et plus légères au fur et à mesure que la peau et la chair se déchirent sous l'avancée de la lame.

Galland prend plaisir à sa description. Ses yeux brillent.

Un souvenir. La photo qui a fait le tour du monde. Celle d'un Rwandais, de profil, le visage taillé, à la machette.

Quelques précisions de Galland.

— Il y a une bonne dizaine de plaies. Sur le corps, sur les bras. Il a tenté de se protéger. Il n'est probablement pas mort sur le coup.

— Merci pour les détails.

Retour vers Krief.

— Tu as quelque chose d'autre ?

— Rien encore. Les gars de l'identité judiciaire vont arriver pour les empreintes et les prélèvements. Il vivait seul. C'est la voisine qui a prévenu. J'ai dit qu'on passerait la voir.

— L'arme du crime ?

— Je n'ai encore rien trouvé.

— Et pour la porte ?

— Ce sont les pompiers qui l'ont forcée. Ils ne pouvaient faire autrement.

Inventaire du salon. Une petite table ronde, trois chaises, un canapé, une télé, une hi-fi, des étagères. Le tout dans des couleurs vives.

Je demande une paire de gants.

Un coup d'œil sur les étagères. Quelques livres. Quelques babioles décoratives. Une photo dans un cadre.

Je la prends. Dessus, une femme blonde d'une quarantaine d'années. Une photo un peu ancienne. Comme dans ces albums qu'on ouvre une fois par an, pour les grandes occasions du souvenir. Je la retire avec soin de son cadre pour la mettre dans ma poche.

— On lui connaît une amie, une maîtresse ?

Krief répond en haussant les épaules.

— J'en sais rien. Je suis comme toi, je viens d'arriver.

Inspection de la salle de bains. Rien qui signale une présence féminine. Même chose dans la chambre. Juste un bordel de célibataire.

Retour dans le salon.

Le pompier s'approche pour savoir s'il peut commencer à vider l'eau.

— Il faut attendre la visite du procureur et de la police scientifique.

Inspection de la cuisine. Une sorte de cuisine américaine qui communique directement avec le salon. Un peu de vaisselle dans l'évier inondé, une poubelle pleine, de la bouffe de merde. Rien d'anormal.

Pas d'accroche visible. Pas de détail singulier. Je la sens mal partie cette affaire.

Dans le salon, le légiste prend quelques notes, Krief regarde dans les coins, le photographe et le pompier attendent.

L'air d'ici me semble encore plus pesant qu'à l'ordinaire. Le corps, le sang, l'odeur, l'atmosphère humide, tout ça m'étouffe.

Mes tempes sont sous pression. Mon cœur s'agite à pleine puissance. Je ressens les vestiges bruts d'une douleur diffuse. Je ne suis pas dans un grand jour. Il faut pourtant faire illusion.

Adler, le substitut du procureur, arrive enfin.

— Désolé. On vient juste de m'avertir. Qu'est-ce qu'on a ?

Moi, faussement calme.

— Un Zaïrois. Monsieur Étienne Tchumo. Assassiné vers minuit d'une dizaine de coups de machette.

— C'est pas banal. Et l'eau ?

— Une petite inondation. Il avait dû oublier de fermer le robinet avant de mourir.

Il sourit gravement. Il fait le tour du propriétaire en soulevant lentement ses jambes pour ne pas trop se mouiller.

16

— Pas de problème. Procédure de flagrance. Je laisse l'affaire à votre service. On verra plus tard pour le juge d'instruction. Agissez au mieux.

Je lui concède un vague remerciement. Encore un qui n'a pas envie de se faire chier aujourd'hui.

Je dis ou je pense, je ne sais plus.

— Au revoir monsieur le substitut.

Un peu de soumission. Je ne suis plus vraiment révolté depuis que j'ai quitté mes vingt ans.

Mon carnet de notes pour y inscrire les infos déjà recueillies.

De la méthode et de l'ordre, c'était ça, mon grand secret.

Les yeux fermés, je tente de respirer. Mais l'odeur poisseuse de la mort m'en empêche.

Un signe à Krief. Il comprend que je sors de l'appartement.

Un peu d'air enfin. J'inspire. J'expire.

Deux minutes immobile contre le mur du couloir sombre.

Je crois que ça va mieux.

Les voisins maintenant.

D'abord en face. Un couple de vieux retraités. Une blouse d'intérieur pour elle. Un bleu de chauffe usé pour lui.

Ils semblent très impressionnés par ma carte tricolore.

— Excusez-moi de vous déranger. On m'a dit que vous aviez appelé la police.

La vieille mémé, fière d'elle.

— Oui ! C'est nous. En fait ce sont les pompiers que nous avons appelés. On allait faire nos courses, et on a vu cette eau qui débordait par-dessous la porte de Monsieur Tchumo, notre voisin.

— Et ensuite ?

— On a sonné, on a frappé, mais il ne répondait pas. Alors on a téléphoné.

— Quelle heure était-il ?

— Dix heures, ce matin.

Le petit vieux confirme de la tête les propos de sa femme.

—Avez-vous entendu quelque chose, hier soir vers minuit ?

— Non ! On dormait, bien sûr.

La vieille mémé marque un temps, pour ajouter.

— C'est quand même terrible ce qui est arrivé à ce monsieur Tchumo.

— Oui ! Terrible ! Recevait-il de la visite ?

— Comme tout le monde. Surtout des gens comme lui.

— Comme lui ? Des Noirs ? Des Africains ?

— Oui ! C'est ça.

— Et des femmes ?

— Oui, aussi.

— Et une femme blanche, blonde, âgée de quarante ans ?

Elle se retourne vers son mari. Négatif.

— Non ! Ça ne nous dit rien. On ne saurait dire. Mais c'est quand même possible.

Je leur montre la photo du cadre. Ils l'observent à tour de rôle.

— Non ! Vraiment. Ça ne nous dit rien.

Je peux leur faire confiance. Ils doivent avoir l'œil rivé sur le judas de la porte au moindre bruit, à la moindre alerte.

— Merci !

L'appartement du dessus. Un chômeur alcoolique. Il m'explique que le négro fait tout le temps du boucan, alors, même s'il a entendu du bruit vers minuit, il n'a pas fait la différence avec les autres jours. À la vue des caisses de bière dans le couloir, il doit rarement être en état de se rendre compte de la présence des gens qui vivent, respirent et meurent sans lui.

L'appartement du dessous. Personne. Je pense à l'inondation. Je me promets de revenir.

Retour chez le Zaïrois. J'explique que je m'en vais, que j'attends avec impatience le rapport de chacun.

Je sors de ce cénotaphe aquatique. J'arrive en bas de l'immeuble. Le soleil d'automne me soulage. Je retrouve une respiration nouvelle. Mon cœur et mon corps maintenant apaisés, mon esprit se met en action. De la méthode et de l'ordre.

*

Le bar. Le *Bar des sports*. Le repère interlope d'une faune assoiffée de PMU, de bière blonde, de propos avinés. Des bousculades de l'aube à la nuit tombante. À croire que le quartier entretient en son sein des troupeaux de désœuvrés, qui viennent s'y relayer sans cesse.

Papy est assis au fond de la salle enfumée, à sa table préférée, sur une banquette de skaï rouge.

Le serveur me salue respectueusement. C'est l'unique privilège du flic gradé, toute cette servilité, toute cette déférence, qu'on me balance au visage dès qu'on connaît ma fonction.

Je commande un cognac, un double.

19

Je pousse. Je passe. Ça suinte le mauvais parfum, le tabac froid et le désœuvrement.

Je rejoins Papy.

Il lit le journal en avalant une bière.

Une tête de vieux beau, un costume de toile clair, un foulard en soie. Il n'a pas vraiment la dégaine du vieux flic à la retraite qu'il est. Mais comme il partage ses jours avec une jeunette de cinquante ans, il doit maintenir une certaine prestance s'il ne veut pas se retrouver seul, à digérer les dernières années de son existence.

Lui, la voix cassée, sans quitter son journal du regard.

— Tu t'es souvenu que j'étais pas encore mort ou bien tu passais par là par hasard ?

— Un peu des deux. J'avais besoin de boire un coup et de discuter.

— Qu'est-ce qui t'arrive ?

Moi, sans grande précaution.

— J'ai attrapé une saloperie.

— Quel genre ?

— Du genre maladie qu'on traîne longtemps avant de s'en remettre, si on s'en remet. Une sorte de pollution du sang.

Papy, lentement, referme le journal, lève les yeux.

— Merde ! Tu en es sûr ?

— Moi, je ne suis sûr de rien. Mais le médecin a l'air convaincu !

Sa main se pose sur la mienne. Sa main recouverte de petites taches sombres qui signalent le pourrissement inévitable du corps. Sa main chaude et sincère.

Je le regarde. Sa lèvre palpite, et ce n'est pas l'alcool. Je le connais bien. Sous son air léger, presque indifférent, sourd l'inquiétude. Pas question de lui parler de vengeance divine contre laquelle il n'y a rien à faire. Il se serait foutu de ma gueule.

— Qu'est-ce tu vas faire ?

— On verra. J'ai le temps d'y penser. En attendant, j'ai un mort sur les bras.

— Raconte !

Ce changement de sujet de conversation le rassure.

Il ajoute.

— Dis-moi ce que tu sais.

— Un Zaïrois. Étienne Tchumo. 40 ans environ. En situation régulière. Il vient de se faire tuer chez lui d'une dizaine de coups de machette.

— Tu sais qu'on appelle ça la République Démocratique du Congo maintenant.

— Je sais ! Mais il était en France un peu avant que ça change de nom.

— T'as d'autres détails ?

— Non ! On vient juste de récupérer l'affaire.

— Bon ! Je connais pas de Zaïrois par ici. Il y en a plus à Paris ou dans le 93. Mais je vais me renseigner auprès des autres Africains.

Papy, c'est un annuaire à lui tout seul. Trente ans de service dans le coin. Il a tout vu, tout entendu. Rien, de la mesquinerie humaine, de la bassesse sur terre, de la médiocrité incarnée, ne lui est inconnu. Surtout ici, à Marne-la-Vallée.

— Merci.

J'avale mon double cognac d'un trait. Une sorte de brûlure me ravage l'intérieur du corps. La dose prescrite est sans doute dépassée. Puis un frisson me brise en deux. Comme un terrible choc thermique.

Je me sauve du *Bar des sports* en bousculant, en trem-blotant, en cla-claquant des dents.

*

— Merci pour le macchabée.

— Y a pas de quoi ! Qu'est-ce que ça donne ?

— C'est pas joli à voir.

Laroche, mon chef, mon patron, devant Dieu et la fonction publique éternelle, veut en savoir un peu plus. Qu'est-ce que ça peut lui foutre ? Il n'est plus sur le terrain depuis qu'il est devenu commissaire principal. La moustache déjà blanche, l'air fourbe, le respect de la hiérarchie, sa carrière est en ordre de marche. Pas comme la mienne.

Je l'informe rapidement, histoire de lui faire croire qu'il sert à quelque chose.

— Il s'est fait trancher chez lui à l'aide d'une machette. Il n'y a pas eu d'effraction. Il connaissait peut-être son bourreau. Tout s'est passé dans le salon.

— Bien !

— J'oubliais de dire qu'il y a eu une sorte d'inondation. Un robinet mal fermé.

— Parfait ! Tu prends l'affaire en main ?

— On a le feu vert du proc. Krief est encore sur place.

— J'adore quand mon service tourne tout seul. Et ton rendez-vous chez le médecin ?

— Pas de problèmes.

Il reprend sa lecture. Je rejoins mon bureau.

En passant devant le distributeur j'attrape un café tout en offrant à ceux que je croise quelques révérences d'usage.

Mon bureau. Une plaque collée avec mon nom dessus. Commandant Mangin. SRPJ. La porte est ouverte, comme toujours, j'ai rien à cacher. Je finis ma boisson par petites gorgées en regardant les murs, murs blancs. Depuis longtemps je me suis débarrassé du portrait du Président et du fac-similé de la déclaration des Droits de l'Homme. Le premier parce que j'en avais marre de sa tête de crapule en face de moi. Le second parce que j'avais cessé d'y croire, aux Droits de l'Homme et à toutes ces conneries.

Je sors d'un tiroir un cigare, un *slim panatella* de Saint-Domingue, une petite chose brune et merveilleuse, juste pour en avaler deux bouffées. Deux divines bouffées. Juste pour déguster et laisser un instant mon âme au repos.

Dans l'une des armoires métalliques et administratives je prends un dossier vierge. Au feutre noir, j'écris quatre mots. ETIENNE TCHUMO MAI 99.

Je pose le dossier sur mon bureau, à côté d'un autre sur lequel est écrit CATHERINE COUSIN SEPT 97.

Les autres dossiers, les autres crimes, ceux dont les auteurs rendent des comptes à la *Société*, sont rangés par date dans l'armoire. De l'ordre.

Dans le dossier Tchumo je glisse mes premières notes et la photo du cadre. En attendant d'y mettre les copies des PV et les rapports qu'on m'apportera. De la méthode.

Mon regard se pose sur le dossier Cousin. Un dossier sale, épais, pas ouvert depuis un bon bout de temps.

Puis je m'attarde sur les portraits de ma femme et de ma fille.

Au final, un mariage plutôt heureux, une fille plutôt réussie. J'ai connu l'amour. Juste assez pour le croire. J'ai engendré une fille. Une jolie petite nana. Mais pour le reste ? Pas grand-chose ! Un peu de justice, par-ci, par-là. À petites doses. Un peu maigre pour moi. J'avais d'autres ambitions. Est-ce que tout ça méritait d'être vécu ?

Par ironie, ma maladie semble être une bonne chose. Rien à choisir, rien à décider. J'accepte à l'avance le résultat, celui que les dieux réunis pour l'occasion ont décidé de m'imposer.

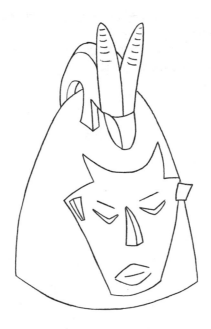

Masque-heaume de l'ethnie SUKU

On se cache, on se dissimule, on disparaît derrière le masque. On devient métissé, mélangé, comme doué d'un nouvel esprit.

Pour que l'esprit descende, il suffit de l'invoquer grâce aux gestes, aux danses, ou aux rythmes.

Le but du masque est de donner forme à celui qui n'en a pas, qui n'en a plus. Le masque rend palpable et acceptable par tous, l'esprit caché, le génie invisible.

Il peut être l'esprit des ancêtres, qui rappelle la tradition, qui dit la loi des vivants et des morts, celle qui dure depuis toujours.

Il peut être le génie de la nature, qui aide et soutient l'homme dans sa survie quotidienne.

Il peut être l'esprit ensorceleur, qui viendra ou guérir ou maudire.

L'esprit n'est que de passage dans le monde des hommes et le masque et son porteur sont l'interlocuteur.

Même pétrifié dans un musée, le masque ne peut oublier qu'autrefois il s'animait et faisait corps avec son porteur.

2

En triple file devant l'établissement scolaire.

Les voitures et les bus vont, viennent, en déversant sur le trottoir des flots de collégiens. Comme chaque jour.

Je lance à ma fille.

— Vite ! Saute de la voiture. Et bonne journée !

Fanette sort de ma vieille Peugeot. Elle me fait un signe de la main, mais déjà elle m'oublie en retrouvant ses copines.

Je la regarde s'éloigner, la chair de ma chair, le sang de mon sang. De mon sang pourri maintenant. Une fierté paternelle me frappe directement au cœur.

Pourtant, au début, un gamin, je n'en voulais pas. La vie me faisait chier et je ne souhaitais pas imposer ça à quelqu'un d'autre. Je me suis laissé convaincre par ma femme. Comme toujours.

Je redémarre. Traverse en vitesse une partie de Marne-la-Vallée. Ma cité presque dortoir. Celle où je fais régner un peu l'ordre. Un peu.

C'est ce que j'aimais me faire croire.

Les activités quotidiennes de la ville, répétées à l'infini, semblent normales, banales, pour un jour de semaine.

Tout y est. Les immeubles mal façonnés, les mesquines pelouses, les étranges sensations.

Mais je sens déjà qu'un esprit malveillant s'est posé sur moi.

Les dieux et les esprits ensemble ? Comment aurais-je pu m'en sortir ?

*

Sur mon bureau, les premiers rapports, les premières notes d'information, laissés là sans doute par Krief. Une boîte aussi, avec les documents trouvés chez le mort. Les papiers, les quittances, les factures, les lettres.

Avant d'agir, me taper un nouveau café.

Je redescends dans le hall où se trouve le distributeur.

Un souvenir. Avant il y avait une buvette au sous-sol, pour le café du matin ou de midi. Mais les pauses duraient trop longtemps. Quelqu'un a décidé d'y mettre fin.

Krief est en pleine conversation avec une jeune stagiaire, mademoiselle Fauvel, qu'on vient d'affecter à mon équipe. J'ai oublié son prénom. Krief est déjà en train de lui faire du charme. Il n'a pas tort. Elle a de beaux yeux.

— Salut, chef.

— Bonjour, commandant.

Je murmure une réponse molle, accompagnée d'un grognement peu civil.

Krief me dit.

— T'as vu que j'ai déposé les premiers éléments de l'enquête sur ton bureau.

— Ouais ! J'y jette un coup d'œil et on en discute après. Qui est le juge ?

— Baroin ! C'est son premier homicide à ce qu'on raconte. Il va nous faire chier.

— C'est possible.

La machine à café s'agite, se trémousse. Elle finit par livrer la marchandise.

Je retourne dans mon bureau pour commencer à lire.

Le rapport du légiste n'est pas encore arrivé. Je dois me contenter de ce qu'il m'a dit la veille.

Dans les papiers. Un passeport périmé au nom de monsieur Étienne Joseph Wladimir Tchumo, né le 3 mars 1961 à Bukavu, province du Kivu. Un visa de tourisme délivré le 14 avril 1996 par le consulat belge de Kinshasa. Une carte de réfugié politique délivrée en France le 13 novembre 1996 par l'OFPRA. Pas de permis de conduire. Pas d'autre document officiel.

Mon mort s'est peut-être fait quelques ennemis au pays. Impossible d'écarter l'hypothèse d'un assassinat politique.

Problème. Avec un juge novice, ça promet des années d'investigation. Pour rien.

Pas d'agenda. Pas de carnet d'adresses.

Les factures et les quittances. Loyer. Électricité. Eau. Pas de lettre de rappel. Il devait payer régulièrement. Une attestation mensuelle indique qu'il recevait le RMI. Pas de relevé de compte même le plus récent. Il devait les balancer à la poubelle. C'est des papiers qu'on n'a pas envie d'admirer tous les jours. Surtout au RMI.

Une carte de transport 8 zones. Il pouvait voyager dans toute la région parisienne. Pourquoi si loin ?

Un billet de train. Un aller-retour en TGV pour Bruxelles-Midi. Le 7 mai pour l'aller. Le 8 pour le retour. On est le 13. Cinq jours seulement sont passés. Rien d'anormal. La Belgique, l'ancienne métropole coloniale, accueille pas mal de Zaïrois sur son sol.

Il faut quand même creuser un peu par-là.

Une carte postale de Menton postée l'été dernier. Une certaine Isabelle qui l'embrasse.

Question. Est-ce la femme blonde de la photo ?

Rien d'autre. Un peu maigre tout ça. Étrangement maigre. Rien du Zaïre. C'est pas vraiment normal pour un exilé.

Krief entre, une feuille à la main.

— Le relevé téléphonique pour les six derniers mois.

— Donne !

J'observe dix secondes.

— Des appels en France. Tu les feras vérifier par la stagiaire. Voilà qui est plus intéressant. 32, l'indicatif de la Belgique. Les dates des plus récents sont du 21 mars, du 15 et du 27 avril, du 3 et 6 mai... Il y a plusieurs numéros mais les trois derniers correspondent au même. C'est une piste, ça !

— Pourquoi ?

Je lui explique l'histoire du billet de train.

Je continue mon analyse.

— Un autre indicatif étranger, le 7. Un seul appel de 32 minutes le 13 avril... Là encore, je vois plusieurs appels à l'étranger, le 243. En avril et début mai.

— Ils correspondent à quels pays, ces numéros ?

J'attrape l'annuaire et je l'ouvre à la page internationale.

— Le 7 c'est pour la Russie. Et le 243 pour la République démocratique du Congo, autrement dit l'ancien Zaïre.

Je m'autorise trois secondes de réflexion avant d'ajouter.

— Il n'y a pas quelque chose qui te semble étrange ?

— Quoi ?

— On n'a pas trouvé grand-chose chez lui. Quelques documents, quelques factures, mais pas d'agenda, ni de carnet d'adresses.

— Il avait peut-être une bonne mémoire.

— À vue d'œil, il doit y avoir une trentaine de numéros de téléphone différents sur le relevé. Qui est capable d'en connaître autant ?

— Pas moi !

— Ni moi.

— Tu penses qu'on a pris son carnet d'adresses ?

— J'en suis sûr.

— Ce n'est donc pas un meurtre opportuniste ou une querelle de poivrots qui a dégénéré.

— Absolument ! Celui qui a fait ça était connu de Tchumo, puisqu'il l'a laissé entrer. Il devait être également sur le carnet d'adresses ou sur l'agenda.

— Ou bien l'agenda contenait des informations importantes.

— Oui ! Voilà ce qu'on va faire. Tu t'occupes de son dossier à l'OFPRA. Je veux savoir pourquoi il a le statut de réfugié. La stagiaire contrôle les numéros et cherche à établir la liste des connaissances de feu monsieur Tchumo. Moi, je téléphone en Belgique pour qu'on me retrouve la trace de la personne qu'il a contactée trois fois en quinze jours. Il faut bien que l'Europe serve à quelque chose.

— Bien !

— Quand est-ce qu'il doit le livrer son rapport, le légiste ?

— Dans l'après-midi.

*

Je récupère Fanette à la sortie du collège.

Nous rentrons chez nous. Dans notre petit pavillon de banlieue.

Je n'insiste pas trop sur sa journée d'école.

Elle veut la permission d'aller à une soirée, la semaine suivante. Je refuse ! Trop jeune. Quatorze ans. Elle veut regarder la télé. Je refuse ! Ça rend idiot. Elle veut un troisième pain au chocolat. Je refuse ! Ça fait grossir.

Elle fait la gueule. Elle crie à la dictature. Ma fille est une rebelle. C'est déjà ça ! Je suis vraiment un bon père.

J'annonce.

— Bon ! Il faut que je retourne au bureau.

Elle pousse un discret hurlement de joie.

Je demande sérieusement.

— Tu as sûrement des devoirs à faire.

Elle répond, peu crédible.

— Je les ai déjà faits.

— Maman rentre tard, et moi aussi. Tu mangeras des pâtes et du poisson congelé.

— Ne t'en fais pas, papa, je sais me débrouiller. J'ai l'habitude.

Je tente un sourire coupable.

Ma fille souvent livrée à elle-même. Entre mon boulot de flic et celui de ma femme, second violon à l'orchestre du Châtelet, elle sait vivre avec nos absences répétées.

Et ça va lui servir.

— Je demanderai à la voisine de passer te voir de temps en temps.

— J'ai plus six ans !

— Tu es sûre ?

J'enfile ma veste. Je sors. J'ai à peine refermé la porte que j'entends le bruit de télé. Je suis vraiment un bon père.

*

Dans la salle de réunion du commissariat.

Laroche est présent pour assister à la répartition du boulot. Krief et la petite stagiaire sont assis. Chapot et Boltansky, deux autres officiers du service, attendent debout.

En entrant, je fais.

— Désolé d'être en retard.

Je m'assois. Chapot et Boltansky font de même.

J'ouvre le Bal.

— J'ai eu le parquet. On a plusieurs dossiers en plus du Zaïrois. D'ailleurs, on doit faire le point sur celui-là. Il faut bien que je raconte quelque chose au juge. Il commence à me faire chier. Trois fois qu'il appelle aujourd'hui.

Laroche prend sa défense.

— C'est parce qu'il débute. Il a peur de rater quelque chose.

— C'est son problème.

— Bon ! Les affaires mineures. La voiture-bélier.

Chapot déclare.

— C'est pas du grand banditisme, ça ? C'est quand même un distributeur d'argent. Même s'ils ont raté leur coup.

— Non ! On pense que ce sont des amateurs.

— On trouvera rien. Une ou deux voitures volées. Un coup foireux. Les types qui ont fait ça n'ont pas laissé de traces.

— Une instruction a quand même été ouverte. Tu prends ?

Chapot fait oui de la tête, en continuant à grogner.

— Mais j'y passe pas trois mois.

Je conseille.

— Tu fais juste chercher les traces de peinture et tu les compares aux couleurs des voitures volées du secteur. Sans oublier les témoins.

Je lui lance une pochette cartonnée.

— Boltansky, tu feras ça avec lui.

— Oui !

— La profanation du cimetière.

Une autre pochette cartonnée. Une dizaine de photos à l'intérieur.

L'affaire remonte à quelques jours. Quatre tombes profanées. Deux croix plantées à l'envers. Des signes kabbalistiques peints en noir un peu partout.

Je pense.

— Le grand retour de l'Antéchrist. La fin du monde est pour bientôt.

Je fais un signe à Krief. Il comprend. Il lève la main en disant.

— Je prends.

Un boulot de terrain. Pas mal d'enquêtes de voisinage. Mais la justice a le temps pour elle.

Laroche s'impatiente.

— Maintenant, le Zaïrois. Vas-y, Mangin ! Raconte-nous une belle histoire.

Moi, en pédagogue.

— Bon ! On sait qu'il est mort, saigné à vif, par une dizaine de coups de machette. Le légiste l'a confirmé dans son rapport.

Je fais circuler la photo de la victime tout en continuant mon discours.

— Il n'est pas mort immédiatement, mais des suites de ses blessures. Peut-être une heure après. Il avait trois grammes d'alcool dans le sang. Il n'a pas dû bien comprendre ce qui lui arrivait. Krief, tu as quelque chose là-dessus ?

— Oui ! On a trouvé une bouteille de rhum pratiquement vide et un verre avec les empreintes de la victime dessus. Au niveau des empreintes, on n'a rien d'autre.

Quelqu'un demande.

— C'est-à-dire ?

— On a quelques traces, mais ça n'a rien donné. Soit le meurtrier n'est pas fiché, soit il a pris des précautions.

Laroche secoue la tête. Chapot et Boltansky font de même. Ils auront une bonne note administrative ces deux-là.

Je suggère.

— Il a été tué dans le salon. On peut imaginer qu'il connaissait son meurtrier. Il devait même bien le connaître, puisqu'il était en short et qu'il ne portait pas de t-shirt pour le recevoir.

Laroche me demande.

— Tu penses à un compatriote ?

— C'est une piste, en effet.

— Un mobile ?

— Rien de précis. Politique. Économique. Tout est possible pour le moment. On n'a pas retrouvé de carnet d'adresses, ni d'agenda. Ils ont certainement été récupérés par le meurtrier. Les seules connaissances qu'on peut lui trouver sont celles avec qui il a eu des échanges téléphoniques. On a prévu d'en dresser la liste. Il y a également une photo d'une blonde et une carte d'une certaine Isabelle. C'est peut-être la même personne.

Krief, prenant la main.

— On en sait un peu plus sur lui. J'ai eu accès au dossier qu'il a établi pour obtenir le statut de réfugié. Il était le fils d'un certain Basile Tchumo, né au Zaïre, et d'une certaine Valéria Alexandrovna Afanasieva, née en Russie.

Laroche, surpris.

— Une Russe ?

— Oui ! Tchumo, c'est un métis afro-russe.

Je complète.

— Ce qui explique l'appel téléphonique à Saint-Pétersbourg qu'il a passé le mois dernier.

Krief, en lisant son carnet de notes.

— Il est arrivé en France en passant par la Belgique. Mais c'est chez nous qu'il a obtenu le statut de réfugié politique.

Laroche, intéressé.

— Le motif ?

— Membre d'un petit parti d'opposition à Mobutu, lequel parti semble s'être s'opposé également à Kabila, son successeur.

— On peut imaginer une histoire politique, un coup des Zaïrois ?

— Oui ! Mais il ne semble pas être un responsable important ni dangereux pour le pouvoir en place.

— On verra ça ! Qu'avez-vous trouvé sur son emploi du temps, sur ses activités en France ?

— Pas grand-chose. Les voisins ont dit qu'il était souvent chez lui et qu'il ne travaillait visiblement pas.

— Ses revenus ?

— Le RMI.

— C'est tout ?

Chapot intervient.

— En apparence, oui ! J'ai étudié ça d'un peu plus prêt. On n'a pas retrouvé de relevé de compte chez lui. Alors, j'ai fait une estimation. Il devait toucher, en gros, 2 400 francs de RMI, auxquels on peut ajouter l'aide au logement pour 900 francs environ. S'il consomme normalement, il doit avoir pour 800 ou 1 000 balles de factures par mois et son loyer était quand même de 2 300 francs. Résultat. Entre 3 100 et 3 300 francs minimum de dépense pour 3 300 francs maximum de recette. Et encore, j'ai pas compté la bouffe, les fringues, et les transports. J'ai inspecté sa garde-robe. Sans que ça soit du luxe, c'était plutôt de la bonne qualité.

— Comment t'expliques tout ça ?

— J'ai téléphoné à l'office HLM. On m'a affirmé qu'il payait régulièrement, mais en liquide. Il devait avoir des revenus annexes.

Laroche, curieux.

— On a retrouvé du liquide chez lui ?

Krief, les yeux dans ses notes.

— 200 francs environ.

— Pas de quoi crier fortune.

— Peut-être que l'argent est parti avec l'agenda.

— C'est tout à fait possible. Il faut demander au juge l'autorisation d'éplucher son compte en banque.

Chapot explique qu'il va s'en charger.

Moi, pour conclure.

— Le fait le plus notable dans cette histoire est un aller-retour pour la Belgique, quelques jours avant sa mort. Il devait sans doute y voir quelqu'un. Un certain Aimé Parfait Sangimana. J'ai eu l'info par un collègue belge. Il lui a passé plusieurs coups de téléphone, de chez lui, début mai. Juste avant de partir pour Bruxelles.

— Et alors ?

— Aimé Parfait Sangimana est mort le jour même où notre victime mettait les pieds en Belgique.

Laroche, s'étranglant.

— Quoi ?

— Mort ! Assassiné ! À l'arme blanche.

*

À la radio, un air ancien. Un de ces airs gravés à l'acide dans la mémoire et qui provoque des remontés humides de souvenirs.

La porte s'ouvre. C'est Sonya, ma femme. Je pose le bouquin que je faisais semblant de lire. Elle entre. Je me lève. Elle s'approche de moi. Elle m'embrasse.

— Fanette dort ?

— J'espère ! Il est deux heures du matin. Comment ça s'est passé ?

— Assez bien ! On était en forme. Le premier soir pas trop mal, le deuxième très bien. Richard Strauss peut être fier de nous. Et toi ?

— Une sale histoire. Un meurtre.

— Ici ? À Marne-la-Vallée ?

— Oui ! Un Zaïrois qui s'est fait tuer chez lui.

— Vous savez qui c'est ?

— Pas encore, et ça a l'air compliqué.

— C'est triste !

Je baisse les yeux, comme un coupable.

— Justement !

— Quoi ?

— Il faut que je me rende en Belgique pour les besoins de l'enquête.

— Quand ça ?

— Dès qu'on aura reçu la commission rogatoire du juge. Peut-être demain.

— Pour longtemps ?

— Deux ou trois jours. Je ne sais pas.

Elle lance d'une voix ferme.

— C'est pas vrai ! On devait aller en Normandie avec Fanette. C'était notre premier long week-end.

— Je sais. Je suis désolé. On se rattrapera.

— C'est toujours ce qu'on dit ! Et on se rattrape jamais. Bon, je vais prendre une douche et je me couche. Je suis crevée.

Elle s'éloigne.

Dans la cuisine, discrètement, je sors de ma poche une plaquette de médicaments. Des petites pilules orange. J'en avale deux. Ordre du médecin. Et un grand verre d'eau.

De profundis

Je n'ai pas cherché à être ce que je suis. Je suis un enfant de l'Afrique avec tout ce que cela peut comprendre de malheurs, de bonheurs et d'horreurs.

Je suis du Kivu. Sur une carte, c'est le centre de l'Afrique, le centre du Monde.

En fait, c'est nulle part.

Les colonisateurs nous ont regroupés avec d'autres qui ne parlaient pas comme nous, qui ne vivaient pas comme nous, sans nous demander notre avis.

Père était l'un de ceux qui avait chassé les Blancs. C'était du moins ce qu'il croyait. Il était là quand Patrice Lumumba est revenu au pays. Les Belges avaient consenti du bout des lèvres à lâcher leur Congo quatre-vingt-dix fois plus vaste que leur plat pays.

Le bon Léopold, roi des Belges, avait réussi à découper dans le gâteau africain un bon gros morceau. Comme un enfant gâté qui en veut toujours plus.

Imaginez l'héritage ensuite. Léopold possédait plus ou moins personnellement le pays. À sa mort c'est le royaume qui en a pris possession. Au début, à ce qu'on dit, ils ont hésité. Un tel morceau, c'était difficile à digérer pour un si petit pays.

Finalement, ils nous ont balancé leur paternalisme chrétien et leur mercantilisme flamand. Ça a duré 75 ans. Ça dure encore.

Peuple infantilisé par les missionnaires, peuple esclavagisé par les grandes sociétés économiques, il n'est pas étonnant qu'après la Deuxième Guerre mondiale, la révolte a grondé. Que pouvait faire la Belgique contre un peuple en colère ?

Mon père était de ceux-là. Nous, ses enfants, par la suite, on n'a fait que subir car le grand espoir des années cinquante était mort avec Lumumba.

Et les Blancs, cachés dans l'ombre, portant des masques africains, étaient toujours là.

3

Le hall du commissariat. Je pose mon sac de voyage au sol. Les gens, les agents, comme des ombres.

Pas le temps de réfléchir, de penser. Le planton de l'accueil m'appelle et me tend une feuille. Dessus un numéro de téléphone.

Il explique.

— Une femme russe. Elle voulait vous parler, commandant.

— Russe ?

— Oui ! Mais elle parlait bien le français. Madame Afanasieva. J'espère que j'ai bien compris le nom. Elle voulait parler à quelqu'un qui enquêtait sur la mort d'Étienne Tchumo.

Je me précipite dans mon bureau.

Je vérifie. Le même numéro que sur le relevé d'Étienne. À Saint-Pétersbourg.

Je compose. Trois sonneries.

Une voix de femme et qui dit quelques mots en russe.

J'explique.

— Je téléphone de France.

La voix, avec très peu d'accent.

— *Da* ! Oui ! J'écoute.

— Je suis le commandant Mangin. Je travaille, j'enquête, sur la mort d'Étienne Tchumo.

— Oui ! Oui ! Merci de m'avoir appelée. Je suis... Je suis la mère d'Étienne.

Réflexion. La photo du cadre. Elle, la femme blonde âgée de quarante ans. Sans doute la mère russe de Tchumo. La photo date probablement d'une vingtaine d'années.

Je compatis.

— Je suis sincèrement désolé.

— Merci !

— Que puis-je pour vous ?

— Simplement me donner des informations sur sa mort. J'ai besoin de savoir et de comprendre.

— Je vois.

Un temps. Dois-je cacher quelques détails ou non ?

Elle, vivement.

— Je veux juste savoir comment il est mort.

Moi, calmement.

— On l'a retrouvé chez lui. Il avait été blessé gravement. C'était déjà trop tard. Il avait reçu plusieurs coups d'une arme tranchante. Il n'y avait plus rien à faire.

Sa voix tremblante, palpitante, chargée d'émotions contenues.

— Il a souffert ?

— C'est possible. Mais il n'a pas dû bien se rendre compte de tout ce qui lui arrivait. Il avait un peu bu.

— Vous savez qui est son assassin ?

— Pas encore. Nous venons juste de commencer l'enquête.

— Vous allez trouver son assassin ?

— Je vais tout faire pour. Je ne peux rien vous promettre, mais je vais tout faire pour.

— Je comprends.

Elle me remercie.

Elle marque une pause avant de reprendre.

— Est-ce que vous trouvez normal qu'un fils meurt avant sa mère ?

Je récite ma leçon. Celle apprise pour ce genre de circonstances.

— Nous ne sommes pas dans la normalité. Un meurtre, c'est toujours une rupture de l'ordre naturel.

— Sans doute.

— Peut-être pouvez-vous répondre à une ou deux questions ?

— Oui, bien sûr ! Si ça peut aider.

— On n'arrive pas à savoir ce que votre fils faisait à Marne-la-Vallée. De quoi il vivait. À quoi il passait son temps. Peut-être en savez-vous un peu plus ?

— Je ne sais pas grand-chose. Il n'a jamais voulu me dire exactement ce qu'il faisait en France. Chaque fois, il parlait d'autre chose. Il disait qu'il se débrouillait.

— Et au Zaïre ?

— Il travaillait avec son père. Dans une petite entreprise qui réparait des ordinateurs d'occasion. Ce qui est plutôt rare pour cette partie de l'Afrique. Je ne sais pas exactement quel était son rôle. Il devait avoir certaines responsabilités. Vous savez, mon fils était quelqu'un d'intelligent.

— Je n'en doute pas. Pourquoi était-il venu en France ?

— Des difficultés. La situation n'était plus très stable.

— Se sentait-il menacé ?

— Je ne pense pas. Je ne suis pas sûre.

— Depuis quand êtes-vous revenue en Europe ?

— Il y a plus de trente ans.

Un rapide calcul.

— Étienne n'avait que huit ou dix ans ?

— Oui ! J'ai été obligée de rentrer. J'ai laissé Étienne avec son père.

— Pourquoi ?

— Cela ne vous regarde pas.

Le sentiment d'être un peu con.

— Excusez-moi d'avoir été indiscret.

Elle ne m'en veut pas.

— C'est votre travail. Sachez que si j'ai laissé mon fils en Afrique c'est que c'était mieux pour lui.

— Sûrement ! Connaissez-vous l'origine de ses revenus ?

— Je crois que la France lui donnait quelque chose.

— Et pour le reste ?

— Comment ça ?

— Il dépensait plus qu'il ne recevait.

— Je ne sais pas. Son père, peut-être ?

Silence.

Je me dis qu'il faut retrouver la trace de son père.

Elle demande.

— Rien d'autre ?

— Non, madame. Rien !

Elle veut en savoir un peu plus sur la procédure.

Je donne quelques explications et je conclus.

— Sachez encore que je suis désolé.

Elle raccroche.

Je reste un instant sans rien faire. Comme suspendu dans l'espace et le temps. Je raccroche à mon tour.

Je sors du bureau. Je hurle dans le couloir.

— Krief !

Pas de réponse.

Où est-il ? Il doit me conduire à la gare. J'ai un TGV à prendre.

En attendant je vais me taper un café.

Soudain, un doute.

Quelque chose de gênant dans cette conversation. Comment a-t-elle su si vite que son fils était mort ? Qui l'a prévenue ?

Je retourne dans mon bureau. Je sors la photo du dossier Tchumo. Une belle femme aux yeux clairs. Je refais le numéro à Saint-Pétersbourg.

J'attends dix ou douze sonneries. Personne !

Je raccroche.

Et puis d'abord, est-ce bien sa mère ?

*

Je débarque du train, mon sac de toile usé à la main. Dans une poubelle je balance le journal qui m'a tenu compagnie depuis Paris. Un courant d'air traverse la gare et me réveille un peu. Je me sens pourtant bien faible, avec un goût sur à la bouche.

Je longe le train en direction de la tête. Des gens se trouvent, se retrouvent, s'embrassent.

Je cherche un grand blond avec une veste sombre.

L'impression d'être devenu myope. Le monde autour de moi s'est troublé comme pour m'isoler encore plus.

Dans la foule mouvante, j'en trouve un qui ferait bien l'affaire.

Je m'approche.

— Monsieur De Witte ?

Pour réponse, j'entends trois mots en flamand.

Je m'excuse.

Perdu, seul, avec cette voix perçante qui annonce les départs et les arrivées, pris dans les flots ballottants sans savoir si je peux surnager. Qu'est-ce que je fous là ?

Je sens une main sur mon épaule. Je me retourne.

Un grand blond, assez proche de la soixantaine, avec sans doute un peu de teinture, et qui sourit.

Il dit, avec pas mal d'accent.

— Commandant Mangin ?

— Exact !

— *Welkomen* !

— Je suis content de vous rencontrer. Il fallait me dire que vous aviez des lunettes.

— J'ai dû oublier. Comment vous dites chez vous ? De la coquetterie. J'aime bien ce mot.

Sans rien demander, il attrape mon sac.

— Venez ! Je vous conduis à votre hôtel. J'ai réservé quelque chose de calme. C'est rare mais ça se trouve. C'est du côté d'Ixelle. Ça sera pratique pour vous.

— Pourquoi ?

— C'est là que se trouve le quartier zaïrois de la ville. *Matongue*. C'est également le nom d'un quartier de Kinshasa. Je suis sûr que vous irez y faire un tour puisque c'est là qu'on a découvert le corps de Sangimana.

— C'est grand ?

— Non ! *Matongue*, c'est trois ou quatre rues et quelques immeubles dont certains sont à l'abandon. On y trouve surtout des commerces exotiques. Nourriture, cosmétiques, disques et livres en provenance du Zaïre ou du reste de l'Afrique.

À grands pas il traverse le hall de la gare de Bruxelles-Midi. J'ai de la peine à le suivre.

Sans presque se retourner, d'une belle voix de ténor, il continue de parler.

— Vous n'êtes jamais venu à Bruxelles, je crois.

Moi, presque en criant.

— C'est ça !

— Vous verrez, c'est une ville qui a des qualités. Moi je suis de Mechelen. Malines en français. C'est entre ici et Anvers.

— Vous êtes flamand ?

— Si ça ne vous dérange pas !

— On ne choisit pas.

Nous sommes hors de la gare. Une pluie fine. Une ville grise.

— Ne vous inquiétez pas. Ma voiture est juste là.

Sa voiture est une vieille Mercedes qui pousse des quintes de toux en démarrant.

De Witte s'excuse.

— On n'est pas riche dans la fonction publique belge.

— Je connais le problème.

On prend la direction de l'hôtel en passant par les boulevards qui encerclent le centre historique.

De Witte m'explique avec des gestes et des mots la structure de la ville.

Je fais des signes de la tête pour faire croire que j'ai compris.

Une sorte d'histoire de l'architecture en quelques kilomètres. Bruxelles, un mélange d'ancien, de moderne, d'innovant, de décrépi, et sous la pluie.

Il dit, après avoir tourné à droite.

— Nous entrons dans Ixelle, une des communes de l'agglomération.

J'ai lu quelque chose sur Ixelle avant de partir. On peut y trouver des exemples d'architecture *Art Nouveau*.

On prend à gauche une petite rue, la rue de la Concorde.

— Nous y voilà.

D'extérieur, l'hôtel Rembrandt a un certain charme. Un bâtiment clair, garni de fenêtres ouvragées.

— Allez poser vos affaires. Je vous attends pour aller au commissariat principal de Bruxelles.

*

— Je vous ai préparé un petit dossier sur le meurtre qui nous concerne.

Il me tend une enveloppe contenant quelques documents, deux photos et une sorte de synthèse de l'affaire.

Je lis. Aimé Parfait Sangimana. 43 ans. Originaire de la région du Kivu.

Comme Tchumo.

Il était le propriétaire d'une boutique de fruits et légumes, plus ou moins exotiques. Il a été tué de plusieurs coups de couteau, trois ou quatre, à la gorge, dans sa boutique, vers 20 heures, à la fermeture. Sa femme s'est inquiétée vers 22 heures. Pas de témoin. Pas d'indice. Pas de piste.

Je demande à De Witte.

— Depuis quand était-il en Belgique ?

— Depuis une bonne vingtaine d'années. Il est d'abord venu comme étudiant, puis il s'est installé. C'est fréquent.

— Il a un casier judiciaire ?

— Non !

— Avait-il une activité particulière ?

— Rien sur lui. Ni politique, ni criminel.

— L'entourage ?

— Une femme, du Zaïre aussi, et deux enfants. 10 et 13 ans.

— Résumons ! On sait qu'Étienne a téléphoné en Belgique juste avant de venir. Qu'il y a fait un rapide séjour. Et que, pendant ce temps, Aimé se faisait tuer.

— C'est troublant.

— Oui ! Pourtant ça ne colle pas avec le personnage d'Étienne Tchumo.

— Qu'en savez-vous ?

Je le regarde.

— C'est vrai ! C'est juste subjectif. Avez-vous retrouvé l'adresse d'Étienne dans les affaires d'Aimé ?

— Oui ! Depuis que vous m'avez appelé, j'ai relu plus en détail ses papiers. Il y a bien l'adresse du vôtre. Étienne Tchumo, à Marne-la-Vallée.

— Ça me donne une idée. On va comparer les numéros de téléphone en France, en Belgique et au Zaïre. On trouvera peut-être des points communs.

— Bien ! Venez !

On se retrouve dans un bureau vide, à peine éclairé, juste garni d'une table, de deux chaises, d'un téléphone. Une petite fenêtre donne sur une cour intérieure où des flics belges s'activent.

Il me laisse un instant seul. Vide de pensée. Vide d'envie. Un nouvel instant de faiblesse.

Il revient, une boîte en carton à la main. Dedans, du petit matériel de bureau, une copie complète du dossier de Sangimana.

Je lui demande un numéro de fax.

Il me propose un café. Je l'accepte d'un signe de la tête.

Il sort, lentement, en agitant les bras.

Je suis seul à nouveau.

Je téléphone à Krief. Le standardiste du commissariat me fait patienter deux minutes.

— C'est moi ! T'étais où ?

— T'es pas ma mère ! T'es bien arrivé ?

— Oui. Il pleut.

— T'es en Belgique. Pas sur la Côte d'Azur. Qu'est-ce que tu veux ?

— Les numéros de téléphone qu'Étienne a appelé ces derniers mois.

— Tu les veux tous ?

— Oui ! Tu me les envoies tout de suite par fax. Au nom de De Witte.

— Pas de problème.

Fin de l'appel.

De Witte revient.

Je lui dis trois mots pour expliquer qu'on va m'envoyer les infos.

Mon café tiède est aussi dégueulasse qu'au bureau. La mondialisation est en marche. Plus rien à espérer de ce côté-là.

Dix minutes de bavardage, d'échange, de découverte de l'un, de l'autre. Il ne lui reste que deux ans à faire. Il est déjà grand-père. Quelques mots sur ma femme violoniste, sur ma fille. Il est divorcé.

Un flic arrive, des feuilles à la main.

Il lance quelques mots en flamand.

De Witte traduit.

— C'est le fax.

— J'avais cru comprendre.

Autour du bureau, assis sur les chaises, on commence le travail de comparaison. Lecture des numéros de ma liste, vérification sur celle de De witte.

D'abord le Zaïre. Aucun.

Puis la Belgique. Un seul.

De Witte explique.

— 010. C'est un indicatif wallon. Du côté de Wavre, je crois. On ira vérifier plus tard.

La France maintenant. Deux numéros.

À mon tour.

— 01. Paris ou la région parisienne. C'est déjà ça.

— Ainsi, on a trois numéros qu'ils connaissaient tous les deux.

— Je téléphone chez moi pour vérifier.

— Je fais pareil.

À nouveau, j'ai Krief au téléphone. Je lui demande de vérifier les deux numéros.

De Witte revient trois minutes plus tard.

— C'est un numéro à Louvain-la-Neuve. Dans l'université. Celui d'une confrérie d'étudiants congolais. Et vous ?

— J'attends.

Le téléphone sonne. C'est Krief.

— Je t'écoute.

— Le premier numéro correspond à un magasin de disques du côté de Barbès. *Africasoundsystem.* Le second n'est pas attribué.

— T'es sûr ?

— Absolument.

— Pourtant, nos deux morts l'ont appelé, il y a moins d'un mois.

— Je ne peux rien te dire de plus. Il faudrait une commission rogatoire pour interroger l'ordinateur des Télécoms.

— On verra ça plus tard.

Je raccroche sans remercier.

De Witte fait une proposition. Aller demain à Louvain et se rendre cet après-midi sur le lieu du crime. Pour m'en faire une idée.

— Parfait !

— Un autre café ?

Je refuse. Une sorte de pesanteur m'a gagné l'estomac.

Je fais semblant de sourire à De Witte.

Faire semblant, jusqu'au bout.

*

J'ai encore mal dormi. Des douleurs diffuses m'ont assailli toute la nuit.

Je suis plus fatigué que jamais.

De Witte s'inquiète même pour moi quand il vient me chercher à l'hôtel.

Je cède. Je lui raconte ma maladie, mes angoisses, mes doutes. Pourquoi ? Peut-être parce que je sais que je ne le reverrai jamais après cette affaire.

Il me porte une écoute attentive, en silence, dans sa vieille Mercedes, sur l'autoroute A4, celle qui va de Bruxelles au Grand-Duché du Luxembourg.

Soudain il lance.

— On arrive bientôt.

— J'espère que ça donnera quelque chose, parce que la visite à *Matongue*, ça n'était pas concluant.

— Vous n'avez pas aimé les *tilapias*, les poissons séchés que je vous ai fait goûter ?

— J'en ai encore les relents fumés dans la bouche. Pourtant je me suis lavé trois fois les dents.

— Le bonhomme qui les distribue en a fait venir de l'ex-Zaïre. Maintenant, il les élève dans une ferme piscicole du côté de Vilvoorde.

— Comment savez-vous ça ?

— Ce bonhomme, c'est un ancien haut fonctionnaire de l'ex-Zaïre. Il travaillait à l'ambassade. Au moment du changement de régime, il a demandé l'asile et la protection de l'État belge. Je me suis occupé de lui.

La voiture quitte l'autoroute. Le temps gris est resté gris.

La route conduit vers une masse compacte, légèrement surélevée, de béton et de constructions.

Nous entrons sous la ville.

— À Louvain-la-Neuve, on laisse sa voiture dans un parking souterrain et on marche. C'est la particularité de cette nouvelle université. L'ancienne université, celle de Lewen, est plus au nord dans la région flamande. Elle date du XVe siècle. Dans les années soixante-dix, nous avons connu une sorte de tension entre néerlandophones et francophones. Il devenait difficile de continuer l'enseignement comme avant.

— J'ai entendu dire que les francophones avaient été foutus dehors.

— Ce n'est pas tout à fait vrai. Quoi qu'il en soit, le gouvernement a créé cette ville et cette université pour les francophones.

Description. Une sorte de ville-campus artificielle, pas très belle, un peu triste. Mais plutôt original comme concept. Un sacré mélange. Habitations, amphithéâtres, magasins, bars, salles de cours. Avec plus de vie qu'à Marne-la-Vallée. Et cette impression qu'ici, l'humain a été un peu pris en compte.

— L'association qui nous intéresse se trouve place des Paniers, dans le quartier du Biéreau. Normalement on devrait se perdre.

En effet ! On met un bon quart d'heure pour trouver parmi les rues étroites, les petites places, les escaliers dérobés, les bâtiments en retrait, la place des Paniers et le siège de l'association des étudiants francophones du Congo.

Je me demande s'il existe une association des étudiants non francophones du Congo. Comme la réponse ne m'intéresse pas vraiment je laisse tomber.

Le lieu. Une grande salle garnie de tables, de chaises. Au fond, une sorte de bar. Sur les murs, des affiches politiques ou de manifestations culturelles.

Une qui dit : *Kinshasa-la-Belle, Kinshasa-la-Poubelle*.

Pas grand monde. Deux clients. C'est encore trop tôt dans la matinée.

Le bar est tenu par une jeune étudiante congolaise.

De Witte, en s'approchant, demande à la jeune femme.

— Bonjour, je suis bien au siège de l'association des étudiants francophones du Congo ?

— Parfaitement !

— Puis-je parler au responsable ?

— C'est-à-dire…

De Witte sort une belle carte de la police royale.

La jeune femme fait un signe de la tête, quitte son comptoir, se dirige vers une porte entrouverte en criant.

— Kitsu ! On veut te parler.

Une voix d'homme.

— Qui ça ?

— Deux policiers !

— J'arrive.

Elle retourne à son comptoir, sans un regard.

Un homme apparaît.

Quarante ans, plutôt court, de grosses lunettes sur le nez.

— Messieurs ! Vous désirez ?

De Witte demande.

— Vous êtes le responsable de l'association ?

— Oui ! Je suis Kitsu Kansaï.

— Vous êtes étudiant à Louvain ?

— Oui ! Je termine une thèse en droit public.

— Bien !

De Witte lui montre une photo, celle d'Aimé.

— Est-ce que cet homme vous dit quelque chose ?

Kitsu, en observant.

— Pas vraiment !

Moi, en sortant une seconde photo, celle d'Étienne.

— Et celle-là ?

— Non plus.

De Witte, encore.

— Vous allez m'expliquer pourquoi ces deux personnes que vous ne connaissez pas vous ont téléphoné plusieurs fois durant les trois derniers mois.

— Ces deux personnes m'ont téléphoné, vous dites ?

— Oui !

— Qui vous dit que c'est à moi qu'elles ont téléphoné ?

— Il n'y a qu'un seul numéro attribué à votre association. Celui du bureau du président. J'imagine que c'est vous qui décrochez ou qui écoutez les messages.

— Oui ! Généralement. Mais je reçois beaucoup d'appels. Et si je ne reconnais pas les photos, c'est peut-être que je n'ai jamais vu ces deux personnes. Vous auriez dû me donner à entendre leurs voix, ou bien même me donner leurs noms.

— Sans doute ! Il s'agit d'Aimé Parfait Sangimana, résident belge, et d'Étienne Tchumo, résident français. Ils ont été assassinés.

Kitsu, après un temps de réflexion.

— Veuillez me suivre.

Dans l'austère bureau de l'association. Une table, quatre chaises, une étagère garnie de documents.

Il nous fait nous asseoir.

Kitsu demande.

— On ne va pas perdre de temps. Que voulez-vous ?

— Nous voulons savoir quels étaient vos liens avec ces deux hommes.

— Je les connais depuis que je suis tout petit. Nous sommes du Kivu.

— Pourquoi vous téléphonaient-ils ?

— Par amitié. Tout simplement.

Moi, l'air grave.

— Vous ont-ils parlé d'une menace quelconque ?

— Une menace ? Non ! Rien de cela.

— Saviez-vous qu'Étienne allait venir en Belgique ?

— Non !

— Comment avez-vous appris sa mort ?

— Un ami qui réside en France me l'a dit.

— Son nom ?

— Pascal Mazevi.

— Où habite t-il ?

— À Créteil. C'est près de Paris.

Je note tout ça dans mon carnet, pour vérifier l'information plus tard.

Kitsu, curieux.

— Vous êtes français ?

— C'est possible.

De Witte, à son tour.

— Et pour Aimé ?

— C'était écrit dans les journaux.

— Vous sentez-vous en danger ?

Kitsu, étonné par la question.

— En danger ? Et pourquoi donc ?

— Je ne sais pas. De par vos liens avec ces deux hommes. De par vos activités.

— Je n'ai rien à me reprocher. Je n'ai aucune activité illicite, ni dangereuse.

— Pourquoi avoir refusé de reconnaître leurs photos ?

— Je ne sais pas. Une sorte de réflexe. J'ai quand même des activités sur lesquels je préfère ne pas m'exprimer.

— Je vois.

— Non ! Vous ne voyez sûrement pas. Car c'est une histoire très complexe et très triste que la mienne et celle de mon pays… Mon rôle pourrait vous sembler ambigu… Vous avez raison d'être venus me voir si vous pensez que je suis un activiste. Mais au sens noble du terme. Vous avez tort si vous pensez que j'ai un rapport avec la disparition de mes deux frères.

Un silence.

Kitsu, encore.

— Le Congo qui m'a vu naître, je vous l'ai déjà dit, du côté de Bukavu, dans le Kivu, m'a aussi fait fuir.

De Witte, coupant.

— Je connais déjà cette histoire.

— En êtes-vous bien sûr ?

Pas de réponse.

Kitsu, toujours, plein d'une sorte d'emphase.

— Alors vous devez savoir que les malheurs des Nègres du Zaïre viennent de leurs immenses richesses. Le Zaïre est une curiosité géologique, disent les spécialistes, mais c'est surtout un mouroir pour son peuple. Un python qui étouffe ses enfants et engraisse ceux des autres, surtout ceux des Blancs.

— Qu'est-ce qu'on y peut ? Vous pensez que je suis content de cet état du monde ?

— Je ne vous demande pas d'en penser quoi que ce soit. Je tiens juste à préciser deux ou trois choses. Si je suis ici à Bruxelles ou à Louvain, ce n'est pas de gaieté de cœur. On m'a pourchassé, de Bukavu à Kisangani, de Kisangani à Kinshasa, de Kinshasa à Brazzaville et jusqu'ici. Parce que je refusais, avec d'autres, de cautionner tout ça.

De Witte s'inquiète.

— Vous êtes en danger ?

— Peut-être ! Mais qu'importe. J'ai appris à vivre avec. On ne peut plus rien contre moi. Même si je connais beaucoup de choses, ma disparition n'aurait aucun intérêt, comme mon existence d'ailleurs. Un moment j'ai cru qu'il fallait fuir pour continuer à vivre.

Moi, presque charmé par l'individu.

— Vous espérez quoi ?

— Je ne sais pas mais je vais vous dire une chose. On ne peut pas lutter contre des fantômes tout-puissants. Toujours ils trouveront une parade contre vous. Ils sont immortels. Ici, je suis bien. J'ai plus grand-chose à espérer au pays. Je m'occupe de mes frères comme je peux. Vous savez, quand je suis arrivé pour la première fois à Bruxelles, je suis resté stupéfait. Je n'imaginais pas qu'on pouvait voir autant de Noirs au cœur de l'Europe. Ce n'est pas de l'immigration qu'il s'agit, non ! C'est un dépeuplement. Pour finir esclave en Europe. En quatre cents ans, rien n'a vraiment changé. Dans chaque grande ville, Paris, Berlin, Stockholm, on peut manger africain, baiser africain, mourir africain.

Un regard lent, très lent, et qui nous juge.

Nous baissons les yeux.

Il ajoute.

— Je vois que ça ne vous amuse pas, mon histoire.

— C'est peut-être que nous ne sommes pas là pour ça !

— Sans doute.

— À part le Kivu, quels étaient les autres liens entre vous trois.

— L'amitié. Uniquement l'amitié. Et l'exil, aussi.

— Et vous ne voyez pas pourquoi on leur en voudrait ?

— Non ! Et contrairement à moi, ils étaient plutôt tranquilles.

De Witte, se levant.

— Nous allons vous laisser à vos activités. Secrètes ou non.

Je l'imite.

Kitsu nous accompagne dans la grande salle.

— Je suis à votre service.

De Witte, par principe.

— Si quelque chose vous revient à l'esprit, n'hésitez pas à m'appeler.

Il lui tend sa carte.

Kitsu, pour conclure.

— Je n'y manquerai pas.

Dehors, à l'air libre.

La place des Paniers s'agite un peu d'une petite foule d'étudiants.

Moi, nauséeux, circonspect.

— Qu'en dites-vous ?

— Je n'arrive pas à me faire une opinion. Peut-être qu'il dit la vérité ou peut-être qu'il ment.

— Je vois qu'en Belgique vous êtes aussi perspicaces qu'en France.

Il sourit en demandant.

— Qu'allez-vous faire, maintenant ?

— Je pense que je vais rentrer.

— Vous savez ce que je crois ?

— Non !

— Ces deux types ont été assassinés pour des raisons politiques. Par les Zaïrois ou par des gens à leur service.

— Qu'est-ce qui vous fait dire ça ?

— Les armes des crimes. Des armes tranchantes. Des assassinats plutôt spectaculaires. J'y vois un avertissement. Ces deux bonhommes étaient connus dans leur communauté. L'un en France, l'autre en Belgique. Le nouveau pouvoir a voulu donner un avertissement aux Zaïrois de l'étranger. Il ne tolérera pas d'opposition externe. Le Kivu a toujours été un foyer d'opposition au pouvoir de Kinshasa. Nos deux morts venaient du Kivu.

— Est-ce que cela veut dire que nous ne retrouverons jamais les coupables ?

— Je crains que oui !

Masque facial de l'ethnie YAKA

Alors la danse et le chant reprennent et l'esprit revient. Il se manifeste. Il faut s'en méfier.

Sous le masque, le visage de l'homme se transforme à l'infini.

L'esprit peut être hostile. Il peut se venger des hommes en devenant le grand destructeur. Il ira jusqu'à torturer, tuer, dévorer de l'intérieur. Il peut aussi s'attaquer au groupe en envoyant des maladies, en saccageant des récoltes.

Même l'homme masqué n'est pas à l'abri. Surtout s'il s'accorde avec l'esprit pour agir.

Mais l'esprit peut être d'un grand secours. Il accompagne les étapes de la vie, il veille à la justice et à la santé, il règle les crises.

Alors il a un pouvoir absolu et c'est pourquoi les hommes se baissent et craignent les masques, les porteurs de masques et les exhibitions de masques.

L'homme masqué s'incarne, en bête, en esprit du vent, du feu, de la forêt, en grand ancêtre, en mère de tous les vices et de toutes les vertus.

Le masque peut représenter l'ancêtre, la personne décédée. Le masque n'a pas les traits de la vie car il recrée l'ancêtre, la personne décédée, sous la forme qu'il avait, qu'elle avait, une fois morte.

L'homme masqué peut-il être combattu ?

4

Debout dans mon bureau à tourner en rond.

Krief vient me rejoindre. Il ne dit rien sur mes yeux vides, sur mon teint blême. Juste une question banale.

— Ce voyage ?

— Pas mal.

Il tient une revue à la main.

— Tiens, attrape ! On parle de nous page huit.

Détective. Incomparable magazine des faits divers. La couverture évoque un viol collectif en banlieue et un double assassinat à coups de pierres.

Je tourne les pages et je lis à voix haute.

— Meurtre rituel chez les Zaïrois de France... C'est quoi cette connerie ?

— C'est pas une connerie, c'est du journalisme.

L'article est accompagné d'une photo de l'immeuble où est mort Étienne et d'un dessin illustrant assez fidèlement la scène du crime. On y parle de la machette, de l'origine ethnique du mort, de la puissance des esprits qui pourraient avoir commandité le meurtre.

— C'est le proc ou le juge qui a parlé.

— Le juge. Je t'avais dit qu'il allait nous faire chier. Il veut se faire mousser pour que sa maman soit fière de lui.

— Les autres journaux ?

— Ils n'ont pas insisté. Le *Parisien* en a fait une colonne. Sans trop en rajouter. Les autres reprennent juste la dépêche de l'AFP.

— C'est un Africain. C'est moins porteur. D'un côté, ça nous arrange. On aura moins de pression de l'opinion publique. Sauf si le juge décide de se rendre célèbre en racontant n'importe quoi.

— Faut espérer que non.

— Tu vas faire une vérification. Un certain Pascal Mazevi. C'est un Zaïrois. Il habite Créteil.

— Il y a un lien ?

— Je ne sais pas. C'est en Belgique qu'on m'a donné son nom. On verra bien. On parlera de mon voyage plus tard. Il faut que j'aille voir le patron. Autre chose ?

— On a un ou deux trucs sur la voiture-bélier. Chapot a trouvé deux témoins. Ils auraient vu une grosse bagnole vers trois heures du matin qui traversait la ville en vitesse. Selon eux, il y avait trois ou quatre personnes à bord.

— Et ça correspond à l'heure de l'attaque ?

— Oui !

— Quelle direction ?

— La bretelle d'autoroute. Ils pouvaient donc venir du lieu de l'attaque.

— Pas de plaque ? Pas d'indices ?

— Non !

— Ok ! On laisse filer. On trouvera plus rien.

— Chapot va être content.

— Et sur le cimetière ?

— J'ai préparé le terrain. On t'attendait.

— Parfait !

Krief me quitte. Je me mets au boulot.

Le dossier Tchumo à la main, je vais voir Laroche. Pour rendre compte, en bon brave soldat.

— C'est moi !

— Entre ! Prends un siège ! Raconte-moi le plat pays.

Je fais le guide touristique. Le voyage, Bruxelles, Louvain, les flics, les Zaïrois.

Laroche, en se lissant les moustaches.

— Qu'est-ce que tu en conclus ?

— Pas grand-chose pour l'instant. Les Belges, qui ont du chagrin, voient là-dessous une histoire de politique interne au Zaïre.

— Et toi ?

— Je ne dis pas qu'ils ont tort. Mais il y a une chose qui me tracasse. Le nôtre, Étienne, il avait des revenus cachés. On ne sait pas vraiment combien. Il en était de même pour le leur.

— Comment ça ?

— J'ai visité son magasin et sa maison. Il vend des fruits et des légumes à sa communauté. Pas de quoi rouler sur l'or. Pourtant, sa maison est assez grande, bien équipée, il a une voiture récente, et ses deux gosses vont dans des écoles privées.

— Qu'en disent les Belges ?

— Rien ! Je n'y ai pensé que dans le train.

Laroche, sans rien dire, attrape un paquet de chewing-gum de sa poche. Une nouvelle tentative pour arrêter de fumer. La trentième. Il dépiaute maladroitement la chose. Il l'avale et mastique méthodique pendant un siècle.

Il a sans doute oublié ma présence et garde les yeux mi-clos.

Puis il fait, solennel.

— Est-ce que tu penses qu'on va pouvoir arrêter rapidement le meurtrier ?

— Je ne sais pas encore. Il faudrait tout analyser en détail avant de se prononcer. On n'a pas beaucoup de contacts avec les Africains, mais j'ai commencé la pêche aux infos. Ça devrait bientôt mordre.

Laroche, après avoir marqué un temps.

— Tu sais ce qu'on va faire ?

— Non ! Pas encore.

— On va laisser tomber.

— Qu'est-ce que tu racontes ?

— Je te dis qu'on va laisser tomber. Sauf miracle, on ne trouvera jamais rien. C'est peut-être politique, c'est peut-être économique, c'est peut-être n'importe quoi d'autre. Qu'importe ! Pour le moment, on n'a pas l'ombre d'une piste. Cette histoire va traîner alors qu'on a mieux à faire.

— Tu dis ça parce que c'est un Africain ?

— Non ! Qu'est-ce que tu vas croire ?

— Figure-toi que j'ai eu sa mère au téléphone. Elle m'a demandé si on allait retrouver le meurtrier de son fils. Et j'ai promis de faire tout mon possible.

— Tu as fait tout ton possible. Tu t'es tapé un voyage en Belgique. T'as rien pour faire avancer cette histoire. On va dire au juge d'instruction qu'on a plus aucune piste et que le meurtre du Zaïrois n'est plus notre priorité.

— Je ne comprends pas. C'est toi qui as insisté pour que j'aille à Bruxelles. Et maintenant tu veux laisser tomber. Faut que tu m'expliques.

— J'ai rien à t'expliquer. Il y a plus de trente ans que je suis dans la boîte. Et je sais quand on peut trouver ou quand on va perdre notre temps. Le Zaïrois, c'est typiquement le deuxième cas.

— On n'a pas encore tout contrôlé. Krief et la stagiaire ont déjà commencé l'enquête de voisinage. Ce n'est pas dans un quartier isolé qu'il s'est fait tuer, notre type. On trouvera forcément quelqu'un qui nous dira avoir aperçu quelque chose.

Laroche s'énerve.

— Faut que je te le répète combien de fois ? On laisse tomber !

— C'est au juge de décider.

Il crache son chewing-gum dans la poubelle.

D'un coup, rouge de colère, il tonne, tempête, ouragante.

— Qu'est-ce que tu me racontes encore avec ton juge ?

Tout le bâtiment raisonne de sa furie.

Laroche, toujours, un demi-ton plus bas.

— C'est moi qui dirige ici ! Et j'emmerde le juge ! Tu informes Krief. Tu informes la stagiaire. Tu leur dis de rappliquer. J'ai besoin de vous trois.

— Pour quoi faire ?

Retour au calme.

Il me tend un dossier.

— Une disparition. Une jeune fille de 17 ans, Juliette Descombes. Les parents s'inquiètent.

— Tu te fous de moi ! Tu me retires un meurtre pour me refiler une fugue.

— Stop ! T'es encore en train d'oublier que c'est moi le patron ici.

— C'est pas notre boulot, les disparitions et les fugues. On est de la PJ. On n'a pas eu de plainte pour enlèvement.

— Tu veux peut-être me faire réviser le code de procédure. Je sais très bien tout ça. Mais je connais personnellement les parents de la petite. Je leur ai dit qu'on
allait s'en occuper, et c'est ce que vous allez faire, toi et
tes petits camarades.

— J'ai dit la même chose à la mère de Tchumo.

— Tchumo est mort. La petite traîne encore quelque
part.

Plus rien à dire. Je suis à deux doigts de lui balancer
les deux dossiers dans la gueule. Mais une mutation en
Corse serait trop cher payer pour un bref instant de
plaisir.

Je dois attendre d'être bien rongé de l'intérieur, et
même d'être sur le point de crever, pour assouvir, d'un
coup, toutes mes frustrations.

Maintenant je le regrette. Il ne faut jamais avoir de
regrets.

Laroche, sans même me regarder.

— Je ne te retiens pas.

*

La police municipale de Marne-la-Vallée a un petit
local au cœur d'une cité populeuse.

J'ai de bonnes relations avec eux. Ils sont plus au
courant de la vie quotidienne des habitants que les flics
nationaux.

Plusieurs fois j'ai travaillé avec leur chef adjoint, Max
Ripolini.

Il est là, en train de caresser son chien. Une sorte de
petit bâtard.

— Bonjour Ripolini.

— Regarde, Médor ! La police nationale vient nous rendre une petite visite.

Le chien Médor lance un regard affectueux mais ironique.

Ripolini, encore.

— Vous allez bien, commandant ? Vous avez l'air pâle !

— Mon patron m'emmerde !

— Comme d'habitude ?

— Oui ! Plus ou moins.

— C'est l'histoire du Zaïrois ?

— Oui !

— Une sale affaire ! J'y ai un peu réfléchi. J'ai rien pour vous. Mais je vous conseille d'aller voir Moussa. Vous savez, c'est le gars qui bosse comme serveur au *Paradise*. C'est un Malien, et il n'y connaît sans doute rien en Zaïrois, mais il a de grandes oreilles et une bonne mémoire. Il aura peut-être entendu quelque chose.

— Merci ! J'irai y faire un tour. J'ai ça aussi.

Je lui montre une photo, celle de la petite Juliette Descombes.

— Et elle ? Ça vous dit quelque chose ?

Lui, en regardant attentivement.

— Non ! Qu'est-ce qu'elle a fait ?

— Rien ! Une fugue.

— Je vais faire attention. Envoyez-moi un double de la photo. Vous prenez quelque chose ? Un café ?

— Non ! Je suis attendu.

Je salue rapidement l'homme et l'animal, avant de regagner ma voiture.

*

Au *Bar des sports*.

Krief et la stagiaire ont de la peine pour me rejoindre. Une télé retransmet en direct l'arrivée du tiercé. Tous les accros se sont regroupés pour crier ensemble les numéros et les noms débiles des chevaux.

Krief demande.

— Qu'est-ce qui se passe ? Pourquoi venir ici ? T'avais pas plus calme ? On n'était pas bien au bureau ?

Moi, droit dans les yeux.

— J'avais soif et j'avais un truc à vous dire. On ne s'occupe plus de l'affaire.

— Le Zaïrois ? Pourquoi ?

— Le patron ne veut pas se faire chier. Il pense qu'on ne va rien trouver. Il préfère qu'on s'occupe d'une histoire de fugue. Pour lui, c'est plus rentable que de passer son temps à ne pas résoudre le meurtre d'un vague Zaïrois.

La stagiaire est silencieuse. Mais ses beaux yeux étonnés parlent pour elle. Elle vient de comprendre en un éclair toutes les sombres subtilités d'un système que dix ans à l'école des officiers de la police nationale n'auraient pu lui faire admettre.

Krief fait, avec regret.

— C'est dommage. On a le témoignage d'un type qui a vu une voiture blanche immatriculée à Paris, le soir du crime, devant l'immeuble de Tchumo. Il est sûr et certain de ne jamais l'avoir vue avant.

— Oui ! C'est dommage. Mais on va s'en remettre.

— Au fait ! J'ai rien trouvé à Créteil. Pas de Pascal Mazevi. Soit le nom n'est pas bon, soit la ville n'est pas la bonne, soit...

— Soit, on s'est foutu de ma gueule.

— Possible !

— Qu'importe ! Puisque vous êtes là, en tant que supérieur, je vous ordonne de commencer à vous occuper de la fugueuse. Voilà le dossier. On doit la retrouver, morte ou vive. Il faut faire plaisir au patron. Après, peut-être qu'il nous emmerdera moins.

— Et toi ?

— Moi, j'ai rendez-vous. Vous prenez quelque chose ?

La stagiaire refuse poliment.

Krief fait comme elle.

— Y a trop de bruit.

— Je vous comprends.

Ils sortent.

Je suis abandonné par la troupe, un combat solitaire se prépare.

La clameur augmente. La course vient de partir. Les types hurlent à s'en fendre la gorge, poussent de la voix les canassons chargés aux hormones pendant de longues secondes. Comme un orgasme collectif qui arrive lentement, qui accélère ensuite. Puis tout explose. Puis le silence. Et les visages qui débandent. Et les types qui balancent leurs tickets. L'amour physique est sans issue. Surtout les partouzes.

Je commande un demi à la pression.

Mon corps, affaibli, me porte à peine. J'aurais voulu dormir. Longtemps. Toujours.

J'avale la boisson, gorgée par gorgée, en méditant mollement sur rien du tout.

Quelques minutes plus tard, Papy arrive.

— Déjà là ? C'est la première fois que je te vois à l'heure. Tu sais qui a gagné ?

— Quoi ?

— Qui a gagné le tiercé ?

— Je crois que c'est un équidé avec un type déguisé sur le dos.

— Très drôle. Attends-moi une seconde.

Il va aux renseignements.

Il revient, un sourire jaune au travers de la gueule. Il a perdu.

Il s'assoit. Il demande des nouvelles de ma famille, de ma santé. Je réponds que tout va bien. Il ne me croit pas vraiment.

Je lui raconte en détail mon escapade belge.

— Et de ton côté ?

— Pas grand-chose. Y a bien un type qui pourrait te renseigner. C'est une sorte de conteur africain. Je sais qu'il traîne depuis un bout de temps en Seine-et-Marne. Il connaît pas mal de monde. Il s'appelle Ndunga. Je peux te donner son adresse.

— Je ne sais pas. Le patron veut qu'on se désengage de l'enquête.

— On vous retire l'affaire ?

— Non ! On la laisse s'endormir tranquillement.

— C'est bizarre. Je le connais bien, Laroche. C'est moi qui l'ai formé en PJ. C'est pas son genre de laisser tomber les homicides. Au contraire.

— Il vieillit. Il gère sa carrière.

— Possible. Et toi, qu'est-ce que tu comptes faire ?

— Moi ? Mais tu oublies que c'est toi qui m'as formé en PJ.

*

Le temps bancal est devenu boiteux et sombre.

La rue de Paris, une ancienne voie qui relie tous les villages regroupés pour former Marne-la-Vallée, est presque déserte. Quelques voitures l'occupent. Les piétons ont abandonné la ville, cet étouffement provoqué par le ciel bas et lourd qui percute les immeubles.

Et dire que l'univers est infini.

Je gare ma Peugeot sur le trottoir. J'en sors et je me pose comme une épave contre le capot avant. J'ai besoin de prendre l'air. Mes mains tremblent un peu. Au prochain contrôle, le médecin-chef va m'allumer. En continuant comme ça, bientôt, je vais me retrouver à classer des fiches.

Un poids lourd passe au ralenti. Sans doute il est perdu. Il doit chercher la zone industrielle. La plaque indique l'Allemagne.

Un souvenir. Mon service militaire à Sarrebruck. C'est fou ce que la mémoire peut être encombrée de merde.

D'un coup, un vertige.

Le ciel devient noir.

Trois respirations vives pour lutter contre ce sentiment de suffocation. Un calme presque mystique s'est installé.

Alors. Alors l'orage éclate. D'une rare violence. Un signe divin, j'en suis sûr. La pluie, en gouttes lourdes, s'abat sur moi, sur ma gueule. Elle coule, elle me pénètre, elle m'envahit.

Pas un mouvement. Toujours pas. Sauf la tête relevée légèrement. Sauf les bras dirigés vers le ciel.

Qu'est-ce qu'il m'arrive ? Je veux défier les dieux ?

Tout ça reste vain. On ne peut rien faire contre eux. Maintenant je le sais.

Alors j'éclate en sanglots. Comme un môme. Mais ça ne se voit pas. Ça se mélange avec la pluie. Un trop-plein d'angoisses, de doutes, de fatigues, accumulés depuis des années, que je vidange d'un coup.

Elisabethville (République du Congo), 29 janvier 1961, 18 h 56, (Agence de presse) — Disparition de Patrice Lumumba.

Personne ne sait ce qu'il est advenu de Patrice Lumumba et de ses compagnons, et beaucoup pensent qu'ils sont morts quelque part au Katanga.
L'ancien Premier ministre du Congo indépendant a sans doute été assassiné dans la prison d'Elisabethville.
Personne au Katanga n'est en mesure d'en dire plus. Ce sont les premières élections législatives qui ont porté, il y a tout juste sept mois, Patrice Lumumba au pouvoir. Âgé de 35 ans, employé des postes de Stanleyville, devenu représentant en bière puis journaliste, il avait créé en 1958 le Mouvement National Congolais. Ce parti aux tendances diverses se scinda l'année suivante en une branche modérée et une branche plus radicale dirigée par Lumumba lui-même.
La violence des propos de Lumumba contre le royaume belge et les affrontements à l'intérieur du Congo lui valurent une première arrestation et son transfert en Belgique.

Il participa néanmoins à la conférence de Bruxelles au début de 1960 avec les représentants de plusieurs partis congolais. Son point de vue l'emporta et le Congo Belge obtint son indépendance le 30 juin de la même année. Dans la foulée, son parti remporta les élections. Il fut chargé de constituer un gouvernement alors que Kasavubu, leader de l'ABAKO, était élu à la tête du nouvel État.

Mais son gouvernement hétérogène était trop faible et trop instable et le pays sombrait dans la violence et le séparatisme. Tandis que le président Kasavubu se tournait vers l'Europe occidentale et les États-Unis, Lumumba se tournait vers Moscou.

Le rôle du chef d'état-major Mobutu et du président Kasavubu dans son élimination sinon physique, du moins politique, nous a été confirmé par des sources belges et américaines.

Malgré le vote de confiance du parlement, Lumumba fut assigné à résidence. Même s'il parvint à s'évader, on sait qu'il fut repris et battu dans le palais même de la présidence à Léopoldville. Sa présence dans la prison de Thysville semblant gêner le nouveau pouvoir, c'est au Katanga qu'il fut exilé en compagnie de deux de ses partisans, Maurice Mpolo et Joseph Okite, chez son ennemi, Moïse Tschombé, toujours sécessionniste.

La suite est plus confuse. Il semble que la police du Katanga, sous les ordres d'officiers belges et sans doute de Tschombé lui-même, plutôt que de s'encombrer de ces trois hommes, ou simplement pour obéir à une puissance étrangère occidentale, ait procédé à son exécution.

À l'heure actuelle les rues d'Elisabethville sont calmes. Les patrouilles de gendarmes règnent en

maître et les autorités refusent de s'exprimer sur
le sujet.
Sa disparition risque de bouleverser la politique
du nouvel État.

S. VAN P.

5

Paysage urbain. Une zone industrielle. Un parking bien garni. Un détachement de flics en uniforme. Une voiture banalisée. Celle de Chapot et Boltansky.

Au milieu, un camion, 20 tonnes. La plaque est allemande. Un air de déjà-vu.

Je sors de ma voiture. Le temps est frais. J'aurais dû mettre autre chose qu'une simple veste.

Je m'approche.

Ils sont une dizaine. Uniquement des hommes. Ils attendent, assis près des roues.

Chapot et Boltansky marchent vers moi, faussement affairés.

— Il paraît qu'on ne traite plus le Zaïrois ?

— Exact ! Rassurez-vous, on aura d'autres crimes et délits pour occuper notre temps libre.

Pas de commentaire.

Je m'informe.

— Qu'est-ce que ça donne, ici ?

— Des Kurdes. On en a deux ou trois qui baragouinent l'anglais. On a compris qu'ils voulaient tous se rendre à *London, England*.

— Et le passeur ?

— Il n'est plus là. Ils disent que le camion s'est arrêté la nuit dernière. Depuis ce matin ils frappent contre les parois. C'est un employé de l'entreprise d'à-côté qui a donné l'alerte. Qu'est-ce qu'on fait ?

— On prévient *Médecins du Monde* ou *La Croix-Rouge*. On téléphone au préfet. On cherche un traducteur. On leur donne à bouffer. On veille à ce qu'ils ne se tirent pas.

— Bien !

Ils coordonnent leurs mouvements pour aller téléphoner.

J'observe de loin les réfugiés.

Des réfugiés silencieux. Sales et silencieux. Sans doute ils ont tout abandonné, dépensé des milliers de dollars. Sans doute ils se sont tapés des semaines de voyage, à pied, en bateau, en camion, et se sont fait avoir par des salauds. Tout ça pour avoir cru aux miracles, aux mirages, de l'Occident. Tout ça pour finir sur un parking d'une zone industrielle d'une ville nouvelle d'un pays qui ne veut pas d'eux.

Ils ont tous des regards sombres, usés.

Je sais comment cela va finir. Dans un hôtel réquisitionné par l'administration en attendant l'arrivée des papiers officialisant leur statut de réfugié. Ensuite, ils disparaîtront dans la nature. On les retrouvera quelque part du côté du Tunnel sous la Manche. Car l'Angleterre reste leur seul but.

Chapot et Boltansky, en chats siamois, reviennent m'informer que la préfecture prend l'affaire en main, que la cantine de l'entreprise va leur donner quelque chose à manger.

— Bien !

Fin de l'entracte.

J'ai accompli mon devoir. Je n'aurai pas de problèmes avec ma conscience, ce soir, en me couchant. Sauf si bien sûr les regards sombres et usés me reviennent à l'esprit.

Et ils sont revenus.

*

Je patiente six ou sept sonneries.

Une voix lointaine et haut-perchée se manifeste enfin.

— Allô !

— Bonjour ! Je téléphone de France.

— Allô !

— Vous m'entendez ?

— Allô !

— Je téléphone de France.

— Oui ! France ! Oui !

— Je suis un ami d'Étienne.

— Ami d'Étienne ?

Un accent étrange. Pas vraiment celui d'un Africain. Un Asiatique plutôt.

— Oui ! Un ami d'Étienne.

— Étienne pas ici !

— Je sais. Je veux parler à son père.

— Père d'Étienne pas ici !

— Où est-il ?

— Pas ici !

— Qui êtes-vous ?

— Ici, boutique ordinateur.

— Quand pourrais-je parler au père d'Étienne ?

— Père d'Étienne pas ici !

— J'ai compris ! Quand sera-t-il ici ?

— Pas ici !

— J'ai compris ! Merci.

Fin de la conversation.

Je suis un peu énervé. Il me faut punir quelqu'un.

Je vais dans le bureau de Krief.

Il explique à la stagiaire ses droits syndicaux. Il y met du cœur.

J'interromps leur conversation.

— J'ai un boulot pour vous !

— On t'écoute.

— Toutes les deux heures jusqu'à ce soir vous tentez d'entrer en contact avec le père d'Étienne au Zaïre.

Je leur donne un papier avec le numéro.

En partant, je lance en souriant.

— Bon courage !

— Pourquoi ?

Dans le couloir, je crie presque.

— Vous verrez !

*

Un chemin menant vers une sorte de ferme accolée à un bosquet de vieux chênes. Un de ces bâtiments qui hantent encore les vastes plaines céréalière de la Brie, après les passages dévastateurs, féroces, implacables, du remembrement, de l'Europe, de Disney.

Une sorte de ferme presque isolée. Au loin, les rumeurs de l'autoroute.

Marne-la-Vallée à dix minutes à peine. Et pourtant, c'est la pleine campagne.

Je range ma Peugeot sur le bas-côté, dans un parking improvisé. Trois voitures sont déjà présentes.

Près du portail, cinq boîtes aux lettres dont une qui porte le nom de Ndunga.

J'entre. Je me retrouve au milieu d'une cour où trois côtés sont occupés par des bâtiments qu'on a restaurés, transformés. Un boulot plutôt bien fait.

Un gamin tourne en vélo au milieu de tout ça. Il m'a vu. Il s'approche. Il a neuf ou dix ans.

— Tu cherches quelque chose, monsieur ?

— Je cherche Tharcisse Ndunga. Tu le connais ?

— Tharcisse ? Bien sûr que j'le connais. C'est mon copain. Il habite là-bas.

Sa main pointe vers l'une des portes du bâtiment de gauche.

— Merci !

— Pas d'problème ! J'vais lui dire que t'arrives.

Il démarre d'un coup sec vers la porte en question.

Il hurle.

— Tharcisse ! Tharcisse ! T'as une visite.

Discrétion assurée.

Deux rideaux bougent dans les autres bâtiments.

Je m'approche. Une carte de visite est clouée sur la porte. *Tharcisse Ndunga, conteur africain.*

Pas le temps de frapper. La porte s'ouvre sur un type d'une cinquantaine d'années portant une petite barbe déjà blanche.

— Monsieur Ndunga ?

— Tharcisse Noël Ndunga. Tout le monde m'appelle Tharcisse. Que puis-je pour vous ?

— Je viens de la part de Papy, un ami que vous devez connaître. Il m'a dit que connaissiez bien les Africains du coin.

Un sourire.

— Oui ! Je connais votre Papy et je connais bien le 77 et ses habitants noirs. Ici, c'est mon secteur de prédilection. Remarquez toute la France est mon terrain d'action. Je suis conteur professionnel. Vous savez, les types qui passent de ville en ville pour dérider les petit vieux et faire sourire les enfants. De fait, je m'y connais pas mal en ethnologie française…

— J'ai besoin de votre aide.

— Vous savez, il est temps d'étudier les mœurs des Blancs, de leur rendre la monnaie de leur pièce, de faire de longues et coûteuses études en ethnologie blanche, histoire de contrebalancer le nombre ahurissant de négrologues, d'experts en Françafrique, de pêcheurs en eaux troubles, de piqueurs de flouze, d'amateurs d'épopées mandingues, de pilleurs d'œuvres d'art, d'avocats de causes perdues…. Je m'égare commissaire… comment déjà ?

— Mangin. Mais je ne suis que commandant.

— Alors ? Quel est votre problème ?

— J'ai besoin que vous me parliez d'Étienne Tchumo.

— Je m'en doutais.

Il m'invite à entrer.

Décors. Un salon garni de tissus africains, un canapé, un coffre en bois qui sert de table basse.

Il me fait m'asseoir. Il me propose un café. J'accepte.

Il m'explique deux ou trois choses pendant qu'il le prépare.

— Étienne était un bon ami. Un type agréable, plutôt bon vivant, un peu poète quand ça lui chantait. C'est le genre d'homme qu'on ne trouve plus ici-bas. En tout cas, rarement parmi la négraille négropolitaine qui traîne en France.

— Que savez-vous de sa vie ?

— Assez banal. Il vivotait. Mais il n'en voulait à personne. Il n'avait pas de vice. Un peu d'alcool et de sexe de temps en temps.

— Mais que savez-vous de lui concrètement ?

— Beaucoup de choses et peu à la fois.

— Vous êtes du même pays ?

— Plus ou moins.

— Comment ça ?

— Sachez mon cher commandant que tous les Nègres ne se ressemblent pas comme les crabes du même panier. Lui venait de l'ex-Zaïre, le Congo dit démocratique de Mobutu, Lumumba et Kabila. Moi je viens du Congo tout court, dit encore Congo-Brazzaville, comme si un connard de colon, pouvait à lui seul porter sur ses épaules tout ou partie du peuple Kongo, avec K majuscule, s'il vous plaît ! Et encore c'est réducteur car nous sommes issus de nombreuses ethnies différentes. Donc il y a Congolais et Congolais…

Je le coupe sèchement.

— Je comprends ! Revenons à notre meurtre.

— À votre meurtre. Ce n'est pas le mien… Savez-vous que vos ancêtres sont venus les mains dans les poches et qu'ils ont découpé des territoires, séparé des peuples, et pire, ils ont donné à ces territoires des noms farfelus…

— Sans doute !

— Savez-vous que le Nigeria a été baptisé d'après la maîtresse d'un impérialiste anglais et que l'Éthiopie tire paresseusement son appellation d'un mot grec qui signifie personne au visage noir.

— Je vous propose de laisser tomber la tirade anticolonialiste avec moi. Je ne peux endosser le manteau de l'histoire, aussi rapiécé soit-il.

Il fait oui de la tête.

À nouveau je demande.

— Que savez-vous sur Étienne Tchumo, 39 ans, Congolais, assassiné il y a huit jours à Marne-la-Vallée ?

— Machetté, commandant, machetté c'est bien pire que tué.

— Comment le savez-vous ?

— La presse, commandant. Je suis lettré, non ? Puis il y a la radio. Radio trottoir, radio coiffeur, radio bois patate, radio savane, sans compter les médias internationaux comme RFI, ou Africa n° 1. On se tient au courant. Une habitude de la brousse.

— Dans ce cas, vous avez peut-être une idée de ses fréquentations ? De ses amis ?

— Je ne sais pas. Des gens du pays ou d'ailleurs. Mais je n'ai pas de détails, pas d'idées.

— De quoi vivait-il ?

— Je vous ai déjà dit qu'il survivait. Il donnait des cours d'informatique. De temps en temps. Rarement déclarés, bien sûr.

— Il semblait avoir un peu d'argent.

— Vous m'étonnez !

— Politiquement, avait-il des activités, des actions secrètes, ici, en Belgique ou au Zaïre ?

— Pourquoi la Belgique ?

— Je ne sais pas ! Parce qu'on y trouve pas mal de Kongolais avec un K.

Il sourit.

— Je ne l'ai jamais entendu parler d'activités politiques secrètes. Mais peut-être qu'il en avait puisque qu'elles étaient secrètes.

— Connaissez-vous Aimé Sangimana, Kitsu Kansaï, ou Pascal Mazevi ?

Il cherche visiblement. J'observe son front plissé, son visage concentré, sa main qui passe sur sa courte barbe blanche.

— Non ! Ce sont des noms Congolais au sens large. C'est tout ce que je peux vous dire.

— J'ai cru comprendre que la diaspora congolaise n'était pas très importante à Marne-la-Vallée.

— C'est exact ! On se regroupe par affinité culturelle quand on s'exile. On en trouve ailleurs. J'imagine que vous cherchez des lieux de rencontre pour Congolais.

— En quelque sorte.

— Je n'en connais pas dans le coin. Mais je ne sors plus beaucoup. J'ai passé l'âge.

Je finis mon café en silence.

Un bien maigre bilan.

Je me lève rapidement.

— Parfait ! Je vais vous laisser. Voici ma carte. Si quelque chose vous revient.

— Très bien, commandant. Je ne manquerais pas de vous appeler. Je vous accompagne.

Sur le pas de la porte, je dis.

— C'est agréable ici.

— En effet ! Si je suis venu m'enterrer dans cette campagne, c'est surtout pour respirer l'air frais comme dans la forêt du *Mayombe*.

*

Le *Paradise*. Un bar de nuit, désert le jour. Les clients arriveront plus tard. Le décor est vaguement exotique. Quelquefois on y propose des spectacles plus ou moins lamentables. Des comiques, des strip-teaseuses, du Karaoké, pour VRP fatigués.

Moussa, le serveur malien, est seul. Il range des verres au comptoir.

Il me reconnaît et me salue.

— Quelque chose à boire ?

Je suis d'accord pour un remontant.

— Comment ça va au Mali ?

— Bien et mal. Ça dépend des jours. Mais Allah nous soutient.

— Je n'en doute pas.

— Ripolini vous salue.

— Comment va-t-il ?

— Assez bien, me semble-t-il ! C'est lui qui m'envoie. Il pense que vous avez peut-être entendu deux ou trois choses sur Tchumo, le Zaïrois qui s'est fait tuer.

— C'est vous qui faites l'enquête ?

— Oui !

— Pauvre type. Je l'avais rencontré. Il était même venu boire un coup, ici.

— Vous savez quelque chose ?

— Non ! Pas plus que vous. Y a pas beaucoup de Zaïrois pas ici. C'est l'Afrique de l'Ouest qui domine. Maliens, Ivoiriens, Sénégalais. C'est pas la même culture, la même tradition. Nous, c'est Salif Keita. Eux, c'est Papa Wemba. Y a autant de différences entre l'Afrique de l'Ouest et l'Afrique centrale qu'entre un Espagnol et un Danois. Vous voyez ?

— Parfaitement. Le coup de la machette, ça n'évoque rien pour vous ?

— Non ! Mais je vais faire attention. Pour vous, je vais poser des questions.

— Merci.

Il s'éloigne une seconde, puis revient sur ses pas.

— Maintenant que j'y pense, je peux vous donner l'adresse d'une boîte africaine.

— Afrique de l'Ouest ou Afrique centrale ?

— Afrique centrale justement. Ce sont des Congolais qui tiennent ça. Ils n'ont pas vraiment de licence. Si votre Étienne Tchumo sortait le soir, il devait sûrement y aller. C'est la plus proche d'ici.

— Je prends. Au point où j'en suis.

Il m'explique comment trouver le *Bar en d'sous*. On appelle ça un *ganda*, dans le parlé local. Il se trouve dans un entrepôt à l'abandon à la limite de Marne-la-Vallée, en direction de Paris.

— Mais ça n'ouvre qu'à minuit et il faut être bien habillé.

— On entre comme ça ?

— Non ! Quand on est blanc, il faut être recommandé. Dites que c'est Moussa Diakité du *Paradise* qui vous envoie. On devrait vous faire rentrer. Surtout si vous êtes avec une femme. Une belle femme. Un autre verre ?

— Oui !

Il refuse ensuite que je paye.

— Le patron est un voleur, je peux à mon tour le voler.

*

Le soir est tombé sur Marne-la-Vallée.

Dans ma voiture. Un lourd bâillement. Je veux démarrer mais ma main reste bloquée sur la clé de contact.

Une visite de merde. Ils n'ont rien pu me dire de plus, les parents de la petite Juliette Descombes. Une semaine déjà qu'ils sont sans nouvelle. Avant de lancer un appel à témoin, je veux faire encore deux ou trois vérifications.

Ce sont des amis de Laroche. Pas étonnant. Ils sont aussi cons que lui. Quelle vie elle devait avoir la petite ! Entre un père abruti et une mère triste à mourir.

Je parie pour la fugue. À sa place, je l'aurais quittée depuis longtemps, cette maison, cette atmosphère, cette vie pesante. Sans demander mon compte.

Pourvu que Fanette ne me fasse jamais un coup pareil.

Mais je n'aurai pas l'occasion de le savoir.

Enfin je démarre.

Ma Peugeot fait un drôle de bruit. Il me faut changer de voiture. Un jour. Plus tard. Et beaucoup d'autres choses à changer, aussi.

Demain, une visite au lycée avec Krief. La petite est en classe de première. Ses résultats sont satisfaisants. On va rencontrer ses camarades, ses profs. Ensuite, on fera le tour des copines et des copains, des fois qu'ils aient entendu, vu, quelque chose. Une autre journée de merde en perspective.

Je me frotte les yeux. La fatigue s'amplifie. Pourtant, je n'ai pas vraiment de quoi me plaindre. Je n'ai pas encore commencé le traitement de fond, l'épuration du sang, les produits qui font gerber, les petites souffrances, les attentes, les couloirs, les odeurs, de l'hosto.

Je traverse Marne-la-Vallée, espace urbain fait de pleins, de vides, engorgé de ténèbres. Marne-la-Vallée, on ne fait que la traverser.

La radio vomit quelques nouvelles du monde pas jolies à entendre. Mais je m'en fous un peu. Il y en aura d'autres demain.

Alors. Alors je vois des appels de phares dans le rétro. Difficile de distinguer quelque chose de la voiture, de l'ombre des occupants. Je plisse les yeux. Les appels de phare se poursuivent, insistent. Un clignotant indique la droite. Qu'est-ce qu'elle veut, cette voiture ?

Je me gare. Elle s'approche au ralenti, à ma hauteur. Deux types sont à l'intérieur. Le passager baisse sa vitre. Je baisse la mienne. Il doit avoir quarante ans. Un brun au visage sec.

Impossible de voir le conducteur.

Je demande.

— Qu'est-ce qui se passe ?

— Monsieur Mangin ?

Je suis surpris.

— Oui ! On se connaît ?

Il poursuit sans vraiment me regarder.

— Plus ou moins. Je voulais vous dire que quelquefois, il vaut mieux laisser tomber certaines affaires. Un coup de machette est si vite arrivé.

— Quoi ?

Il ne répond pas. Le conducteur passe la première, fait gémir les pneus, et très vite la voiture s'éloigne.

Je reste une seconde sans comprendre. Puis je réagis.

Je me lance à leur poursuite. Ils sont encore au bout de la rue.

Ma voiture est à la peine. Ils tournent à droite. J'arrive enfin à l'intersection. Je jette un coup d'œil. Personne. Je m'engage. Je roule. Rien. Je roule encore. Pas un signe. Pas une trace. Ils m'ont semé.

— Merde !

Mais je me souviens d'un détail. Comme une persistance rétinienne. La voiture blanche, elle est immatriculée à Paris.

De profundis

Aussi loin que ma mémoire peut remonter, j'ai en tête l'image du monstre hurlant, grognant, gesticulant, que fut notre Père.

Mais aussi, je l'ai vu pleurer.

Surtout après les lectures profondes de la Sainte Bible. Le livre de l'Apocalypse était son livre préféré. Il le lisait et le relisait à longueur de temps.

Livre que j'ai lu et relu, à mon tour, pour décrypter l'écho de ses paroles. Les quatre cavaliers de l'Apocalypse étaient, dans son esprit, le missionnaire blanc, l'administrateur blanc, le propriétaire blanc et le pire de tous, pour lui, le larbin noir qui avait fait allégeance aux trois premiers. Ces quatre cavaliers n'ont semé que la mort et la désolation à travers le pays.

Il pleurait sur Lumumba, le chevalier blanc des pauvres Noirs. Le premier mort qui sans doute ne ressuscitera jamais sauf dans le cœur de certains. Père était de ceux-là.

Ils se sont succédé, ils se sont éliminés, ils se sont mangés, les uns, les autres, ces valets noirs du pouvoir blanc. Même chassés, ils étaient encore là. Les Kasavubu, les Tschumbé, les Mobutu, les Kabila.

Père en voulait à tout le monde. Au Dieu des Blancs,

qu'il avait fini par accepter, aux dieux païens, aux ancêtres, aux esprits, tous coupables d'avoir abandonné l'Afrique à son malheur.

Il s'en voulait également à lui-même. Lâche comme les
autres.

Et nous, sa progéniture, on observait en silence ce
monstre pleurant sur sa propre existence comme sur celle
de son pays.

Qu'attendait-il ? Personne ne le savait.

6

Encore mal dormi. Des douleurs et des fantômes m'ont griffé le corps toute la nuit.

J'ai fini dans le salon. Je bougeais trop, je suais trop. Je ne voulais pas inquiéter ma femme.

Au commissariat tout le monde peut voir que j'ai la gueule d'un déterré, d'un demi-mort vivant.

C'est un signe. On aurait dû me prévenir que les dieux, les esprits, déjà me faisaient entrer dans leur monde. Mais personne n'a rien osé me dire. On m'a laissé me perdre. Même s'il n'y avait plus grand-chose à faire pour me sauver.

J'en suis à mon troisième café quand le patron me convoque.

Il s'inquiète un peu de ma santé.

Je tente une vague explication. Une histoire de pleine lune, d'insomnie passagère.

Il fait semblant de m'écouter.

Il me donne un boulot. Je dois m'occuper rapidement d'un transfert, celui du corps d'Étienne Tchumo. Retour au pays natal.

Moi, curieux.

— Qui est venu le récupérer ?

Laroche, les yeux posés sur un document officiel.

— Un certain Apollinaire Ougabi. Son frère.

Je doute.

— C'est son frère et il ne porte pas le même nom !

— Faut croire.

— Le juge a donné son accord ?

— Oui ! Le légiste n'a plus besoin de lui. Il peut retourner à la poussière. De toute façon, de notre côté, ça nous est égal, puisqu'on ne s'occupe plus vraiment de cette affaire.

Droit dans les yeux, il ajoute.

— N'est-ce pas ?

Je confirme.

— En effet, les disparitions de jeunes filles sont maintenant la priorité du service.

Laroche, ironique.

— Justement ! Où en êtes-vous ?

— On avance.

— Avancez un peu plus vite.

Je pense.

— Connard !

Mais je dis, soumis.

— Ouais !

Je sors du bureau de mon chef. J'ai en main le dossier de transfert, le sceau, la cire pour les scellés, et mon gobelet de café refroidi.

Krief dans le couloir. Il a bien téléphoné toutes les deux heures au Zaïre. Il est tombé sur le même drôle de type qui parlait bizarrement, qui n'a pas eu l'air de comprendre.

— Et pour le père d'Étienne ?

Il fait, en imitant la voix du téléphone.

— Pas ici ! Pas ici !

Je monte à mon bureau.

Je m'assois. Je finis lentement ma boisson pour en garder l'amertume le plus longtemps possible.

Mon esprit, se vide, se remplit, avec la marée de mes souvenirs.

Plus tard, une heure plus tard, tandis que je lis quelques notes de service, on m'informe de l'arrivée du corbillard et du petit frère.

Dans le hall.

Il est là, Apollinaire Ougabi. Raide, immobile, les yeux baissés.

Un portrait différent de celui d'Étienne. Il n'a pas vraiment l'air métisse. Plus jeune aussi. Peut-être trente ans.

Je fais deux pas vers lui. Je sors quelques condoléances d'usage. Je confirme l'heure du vol d'Air France pour Kinshasa. 12 h 30.

Nous sortons.

Il refuse de monter avec moi dans la voiture banalisée. Il préfère rester avec le corps de son frère.

Nous partons. Je prends la tête de l'expédition pour l'aéroport. Le temps est clair. Une belle journée pour quitter la France, pour retrouver la terre de ses ancêtres.

*

À la douane il n'y a pas de problème. On ferme et on scelle le cercueil. Le petit frère est attentif à chacun de mes gestes. Les douaniers donnent des coups de tampon à une liasse de feuilles. Le petit frère en récupère quelques-unes.

Un camion vient prendre le cercueil pour le mettre dans la soute de l'avion.

Je dis au petit frère.

— Voilà ! Tout est en ordre.

Comme s'il y avait un ordre à tout ça. Un ordre final, optimal.

Il fait un signe pour acquiescer.

J'ajoute par compassion.

— Je vous accompagne jusqu'à l'embarquement.

Il lève la tête, remue les lèvres. Je comprends qu'il a dit oui.

Il n'est pas vraiment bavard mais on peut l'excuser.

Je l'abandonne dans le hall gris et bleuté qui précède l'embarquement, au milieu d'une foule hâtive. Je fais deux gestes de salutation et j'y ajoute encore une pincée de sincères regrets.

— Bon courage ! Bon voyage !

— Merci !

Je bouge rapidement. Je veux fuir cette foule pressante, oppressante.

Je me retrouve seul dans la voiture banalisée.

Ma montre indique 12 h 03.

Je m'offre un lent massage des tempes pour faire passer une douleur sournoise.

Je sors deux pilules orange de ma poche. Je n'ai pas d'eau. Je les avale difficilement.

J'ai quand même un regret. Celui de ne pas lui avoir posé deux ou trois questions sur la mort d'Étienne, sur ses liens avec le Zaïre. C'est pas mon genre d'avoir des regrets.

D'un coup, hors de la voiture. Je me précipite dans l'aérogare.

Je le cherche. Je le trouve dans la salle d'embarquement. Je le vois à travers le mur vitré. Il est encore assis. Les autres passagers se préparent à monter dans l'avion. Lui, il parcourt lentement les documents de transfert.

Je fais des signes pour attirer son attention.

Il ne me voit pas. Je me prépare à sortir ma carte de flic pour passer le contrôle.

Soudain. Soudain je vois deux hommes à trente mètres de moi. L'un d'eux est brun au visage sec. Pas d'erreur possible. Ce sont les deux occupants de la voiture blanche, immatriculée à Paris.

Pourquoi ?

Sans doute comme moi. Pour le petit frère.

Je me cache derrière une colonne en faux marbre.

Alors le petit frère, avec son sac, avec les documents, se lève et embarque. La salle s'est vidée complètement.

Je jette un regard vers les deux types. Personne. Ils ont disparu.

Je parcours le hall dans tous les sens. Ils ne sont plus là.

*

Krief tape quelque chose sur l'ordinateur.

J'entre.

— T'es disponible ?

— Pourquoi ?

— Le témoin qui a vu la voiture blanche, on peut lui rendre une petite visite ?

— Je croyais qu'on ne traitait plus l'affaire !

— Plus ou moins.

— Tu penses que c'est important ?

— C'est pas impossible.

— J'arrive.

Krief prend sa veste et me suit.

Deux minutes plus tard nous sommes dans une voiture de service.

Il semble inquiet.

— Qu'est-ce qui se passe ?

— J'ai cru voir une voiture blanche immatriculée à Paris. Hier soir.

— Et alors ?

— Il y avait deux types dedans. Or, ce matin, à l'aéroport, pendant que je transférais le corps de Tchumo, j'ai vu deux types qui leur ressemblaient.

— C'est peut-être une coïncidence ? Ou bien une projection, un fantasme ? Tu sais, quand on pense à une affaire, on a tendance à la voir un peu partout.

— Qu'est-ce que tu me racontes ?

— Rien ! Juste que des voitures blanches immatriculées à Paris avec deux types dedans, il peut y en avoir plusieurs.

— J'ai une sorte d'intuition.

Il semble étonné.

— C'est pas dans tes habitudes de travailler à l'intuition.

— C'est peut-être la magie africaine qui me perturbe. Tu oublies que j'ai baigné dedans durant mon enfance.

— Tant que tu ne consultes pas un marabout pour retrouver le coupable, je suis à tes ordres.

On traverse la ville en silence.

Un petit bâtiment de quatre étages, à moins de cinquante mètres de l'immeuble HLM de Tchumo.

Krief fait, prévenant.

— Tu verras, c'est un drôle d'oiseau. Un peu dérangé.

— Ton témoin est un malade mental ?

— Non ! C'est juste qu'il a des manies.

On monte quatre étages en ascenseur.

Krief frappe.

Une voix presque aiguë transperce la porte.

— Qu'est-ce que c'est ?

— Monsieur Houdon, c'est le lieutenant Krief, de la Police. C'est à propos de votre témoignage.

Douze verrous, au moins, s'ouvrent les uns à la suite des autres.

Je découvre un petit type gris d'une cinquantaine d'années, vêtu d'une vieille robe de chambre.

— Oh ! Vous êtes deux !

— Excusez-nous de vous déranger une nouvelle fois. Voici le Commandant Mangin. Il voudrait avoir des détails supplémentaires.

— Entrez, messieurs ! Entrez !

Il nous conduit vers le salon.

Le choc.

Les quatre murs sont recouverts de tout un tas de vieilles chaussures, usées, cassées, coupées, et clouées directement aux parois.

Monsieur Houdon observe ma réaction.

Fier de lui, il dit.

— C'est beau, non ?

Moi, sans trop réfléchir.

— Oui... très !

Les chaussures sont regroupées par teinte. Les noires, les marron, les beiges, les jaunes, les autres. Peut-être un millier, de tailles, de formes différentes.

— Je collectionne les chaussures depuis longtemps.

— Je vois ça.

— Vous savez qu'avec les chaussures on peut en apprendre beaucoup sur la personnalité des gens.

Krief intervient pour me sauver.

— Nous savons cela, j'ai déjà tout raconté au commandant.

— Ah bon !

— Nous voulons en savoir un peu plus sur cette voiture blanche.

— La voiture blanche... Oui... Oui... Venez !

On se retrouve sur un balcon qui domine la rue. On voit parfaitement l'entrée de l'immeuble HLM de Tchumo.

Monsieur Houdon devient sérieux.

— J'aime prendre l'air, le soir, un verre de thé à la main. Je regarde la ville. Ce soir-là, il devait être 23 heures ou un peu plus. Je me suis installé sur ma chaise. Il y avait un peu de lune. C'était assez joli. Et justement, une voiture brillait plus que les autres. C'était une assez grosse voiture. Je n'y connais pas grand-chose. Elle était là.

Son doigt pointe en direction d'un bout de trottoir situé à vingt mètres à droite de l'immeuble HLM.

Il continue, satisfait de sa prestation.

— Elle était mal garée. Il faut dire qu'il n'y a pas beaucoup de place pour les non-résidents. Elle était donc un peu de travers. C'est pour ça que j'ai vu qu'elle était immatriculée à Paris. Un peu plus tard, alors que j'étais dans le salon...

Je demande.

— Quelle heure était-il ?

— Je ne sais pas. Une heure après.

— Bien ! Continuez.

— Donc, une heure après, j'étais dans le salon, j'entends une voiture qui démarre. Je vais voir au balcon. Je suis assez curieux. C'était elle qui partait. Sauf que les phares n'étaient pas allumés. Je me suis dit qu'il devait être pressé. Et que c'était dangereux.

— Il n'y avait qu'une seule personne ?

— Je n'en ai vu qu'une. Et encore. Juste une ombre. Pas grand-chose. C'est plus tard qu'on est venu me demander comme témoin.

— Et la plaque ? Vous avez vu tout le numéro ?

— Non ! Uniquement les derniers chiffres. Je suis comme tout le monde. Je veux juste savoir d'où vient la voiture. On pense jamais qu'une plaque ça peut être utile.

— Bien sûr.

Il nous fournit deux ou trois autres détails.

Je conclus.

— C'est parfait !

Il semble déçu.

— Rien d'autre ?

— Non ! Vous nous avez été très utile.

— J'en suis ravi. Vous ne voulez pas quelque chose ? Un thé ?

— Non ! Merci beaucoup. Nous avons d'autres témoins à voir.

— C'est dommage. J'en ai un de grande qualité. Un thé vert…

— Je n'en doute pas.

On se dirige vers la sortie.

Sur le pas de la porte, il nous salue.

Les douze verrous se referment derrière nous.

Dans l'ascenseur, je dis à Krief.

— Le témoignage correspond. Étienne est mort vers minuit.

— N'oublie pas que des voitures blanches, il y en a beaucoup. Et que le témoin n'a vu qu'une seule personne.

— Je sais. Mais ça n'est pas contradictoire. Pour le moment.

— Tu as vu les chaussures ?

— C'est décoratif. C'est chaleureux.

— Il est complètement marteau. L'autre jour, il m'en a montré une qu'il avait rapporté d'une poubelle égyptienne. Une sorte de trophée.

— Et alors. Tu n'as pas de passions dans la vie ?

— Pas au point de clouer des chaussures aux murs.

— Tant que ça nuit à personne.

*

Chapot et Boltansky sont déjà arrivés. Au passage on a récupéré la stagiaire.

Le cimetière de Marne-la-Vallée. Un vieux cimetière. Personne parmi les décideurs n'a osé le toucher, le déplacer. La peur des revenants. On a construit des immeubles tout autour. Les habitants ont une belle vue, et ils sont presque au calme.

On fait un tour rapide dans les allées parmi les tombes profanées remises en place. Les inscriptions ont été effacées.

J'explique.

— Avec tous les passages, on n'a pu prendre aucune trace de pas. Notre seule chance c'est le voisinage.

On sort. Je répartis les entrées d'immeuble. Pour chacun, une série d'escaliers et l'ordre de frapper à toutes les portes, de demander si la nuit de la profanation, on n'a pas aperçu, entendu, quelque chose.

Il y a peu d'espoir, c'est aussi un peu tard, mais je suis obligé d'en passer par là.

L'équipe se disperse. Pendant deux bonnes heures nous affrontons les regards hostiles, les bavardages sans intérêt, les vrais doutes, les fausses certitudes, les mémoires défaillantes, les surdités passagères.

Rien ! Personne n'a rien remarqué. Ou alors des trucs inexploitables. Le patron ne va pas être content. Le parquet non plus.

*

Le périphérique est bloqué. Encore bloqué.

Des milliards de voitures se pressent, se compressent, les unes contre les autres.

Les odeurs, les bruits, les images, m'hypnotisent. Mon esprit s'évade.

Une voix me fait revenir à la réalité.

— Qui est-ce qui a eu la riche inspiration d'aller à Paris à six heures du soir ?

Je regarde Krief qui conduit, qui vient de parler.

Je me justifie.

— On ne pouvait pas venir pendant le service. On ne s'occupe plus de l'affaire. Et puis ne m'énerve pas où je dénonce à cette charmante jeune femme tes activités coupables.

— Mes activités ? Qu'est-ce que tu racontes ?

La stagiaire, assise à l'arrière du véhicule, demande l'air gourmand.

— Tu as des activités coupables, Walter ?

— Bien sûr que non !

Je dénonce Krief.

— Vous ne savez pas que le soir, après le service, Walter Krief se déguise.

Krief devient rouge.

— C'est pas coupable comme activité.

Elle insiste.

— Il se déguise ? Pour quoi faire ?

— Monsieur Krief fait du théâtre.

— C'est vrai ?

— Non !

— Bien sûr que c'est vrai. Et en ce moment il répète *Le Cid* à la MJC.

Elle fait, l'air sincère.

— J'adore le théâtre.

— Tu vois. T'as pas de honte à avoir.

Krief tente un semblant de sourire.

J'ajoute.

— Vas-y ! Fais-nous une réplique du *Cid*.

— Mais non !

— Mais si ! Ça fera plaisir à mademoiselle.

— Oui ! J'aimerais entendre *Le Cid*.

— Non !

— Allons ! Ne te fais pas prier.

— Je ne connais pas mon texte.

— Mais si. Le passage que tu récitais l'autre jour aux toilettes.

— T'es un salaud.

— Je sais. Il ne me reste plus que ça pour trouver un peu d'intérêt à la vie.

Krief se racle la gorge avant de balancer d'un trait son Corneille, en changeant de voix aux différents personnages.

Dans la voiture qui roule à trois kilomètres à l'heure, on sait maintenant que Rodrigue a du cœur, que tout autre que son père l'éprouverait sur l'heure, et que parti à cinq cents, il est arrivé à trois mille, au moins, au port.

La stagiaire est ravie. Krief est satisfait.

Je dis, en souriant.

— Tu n'oublieras pas de quitter le périph.

Il prend la porte de la Chapelle, puis le boulevard Barbès. On arrive à hauteur du métro Château-Rouge.

Une population encore nombreuse à cette heure s'agite. On se serre, on se bouscule, on avance, on recule, on entre, on sort. Du bigarré, du mélangé, de l'étranger. Le monde entier, surtout s'il vient d'Afrique, Afrique noire ou Afrique blanche, comme auraient dit les anciens manuels scolaires, s'est donné rendez-vous ici. Le centre de l'Afrique, c'est Barbès.

— C'est quelle rue déjà ?

— Rue Myrha. Au 45.

— On va se garer dans le coin. On finira à pied.

On sort.

La rue Myrha coupe le boulevard Barbès de part et d'autre.

— Faut prendre à gauche.

On se retrouve en ordre dispersé devant le numéro 45.

Un gros tag coloré domine une boutique. *Africasound-system*.

On entre dans un magasin tout en longueur. De chaque côté se rangent des présentoirs. Au fond se trouve un comptoir recouvert de platines et de casques pour écouter.

Nos trois visages pâles font tache parmi cet échantillon de la diaspora sub-saharienne. Ils sont une grosse vingtaine à choisir, à écouter, à parler, au milieu d'une musique rythmée, forcément rythmée.

Les vendeurs nous ont repérés.

L'un d'eux s'approche. Un jeune type portant dreadlocks et pantalon de cuir.

— Bonsoir ! Vous voulez quelque chose ?

Krief, qui a préparé l'affaire.

— Oui ! On cherche un disque. C'est pour offrir.

— Quel genre de disque ?

— De la musique zaïroise.

Le jeune type fait.

— Suivez-moi !

On se retrouve devant un présentoir où Congo-Zaïre est écrit en grosses lettres. Il fouille rapidement.

— On a une nouveauté qui marche bien en ce moment.

Il sort un disque. *The very best of Franco — Rumba giant of Zaïre.*

Il précise.

— C'est très bien !

Krief enchaîne.

— Je n'en doute pas. Mais est-ce que ça plaira à notre ami qui revient du Zaïre ?

— Je pense que oui.

— Mais vous n'en êtes pas certain !

Le jeune type lève les yeux au ciel.

— Seul Allah est toujours certain !

Krief insiste.

— Et vous n'avez personne, ici, je ne sais pas, moi, un spécialiste, un Zaïrois. Vous n'êtes pas zaïrois ?

— Non ! Je viens d'Abidjan.

Il réfléchit une seconde.

— Je vais vous chercher Roger. C'est son coin, le Zaïre.

— Parfait ! Allez chercher Roger.

Le vendeur quitte la pièce principale pour rentrer dans une sorte de réserve.

Quelques secondes plus tard, un gros type en sort.

Portrait. Entre trente et quarante ans et sans doute plus de 130 kilos.

— C'est vous qui cherchez quelque chose sur le Zaïre ?

— Oui ! C'est ça. Votre collègue d'Abidjan nous a dit que vous étiez de ce pays.

— Ouais !

— Qu'est-ce que vous pouvez nous conseiller ?

— Si c'est pour une soirée vous pouvez prendre *Agwoya Méga*. C'est 18 titres enchaînés. Sinon prenez *Soukouss Express*. Y a deux volumes, mais vous avez un peu de tout. En général, ça plaît bien !

Je précise.

— C'est pour un cadeau. Un ami qui vient de Kinshasa. Il lui faut de la musique de ce coin.

— Croyez moi, ça lui plaira. Je connais bien la musique zaïroise.

— Parfait. On prend le volume 1 de *Soukouss Express* et vous nous faites un paquet-cadeau.

— Pas de problèmes. Suivez-moi !

Au comptoir un type danse avec un casque sur les oreilles.

Le gros Roger nous demande 110 francs contre le disque emballé.

— Merci !

On sort au rythme de la musique d'ambiance

La stagiaire demande.

— Vous pensez que c'est lui ?

— Y a de bonnes chances.

— J'ai vu que la boutique fermait à 22 heures. Ce qui nous laisse le temps d'aller manger quelque chose, quelque part.

— Tu nous invites ?

— Pas cette année !

On se retrouve dans une brasserie triste avec un faux décor 1900. Quelques serveurs s'activent doucement.

On commande un vague plat chacun. Et une bouteille de bordeaux pour faire passer le brouet.

Krief et la stagiaire parlent un peu de théâtre. Je fais semblant de participer. Je suis ailleurs.

Mon assiette reste au trois quart pleine.

Depuis quelque temps la bouffe n'a plus aucun goût. Et celle-ci est particulièrement insipide.

Le garçon s'inquiète en desservant.

— Vous n'avez pas aimé ?

Je pense.

— Non ! Je ne supporte plus la bouffe de merde élaborée par des sri-lankais sous-payés.

114

Je dis.

— Je n'avais pas faim.

*

Krief et la stagiaire sont d'un côté de la rue, moi de l'autre. Bientôt 22 heures. Nuit noire sur la capitale et dans la rue Myrha. La boutique de disques est presque vide. D'où je suis, j'aperçois les vendeurs qui rangent rapidement.

Quelques minutes plus tard la lumière s'éteint. Ils sont cinq à sortir. Le gros Roger, facilement repérable, se sépare des autres. Il remonte la rue Myrha en direction de la rue Léon. Je me retourne pour ne pas être reconnu. Il passe devant moi. Déjà Krief et la stagiaire s'approchent.

Moi, à voix basse.

— Il ne va pas vite. Vous vous arrangez pour le rattraper. Moi je vous couvre.

Le gros Roger tourne à droite en direction du square Léon. Sur place, quelques dealers assure une permanence.

Krief parvient à le doubler assez discrètement. Il se retourne d'un coup pour avancer vers lui.

Le gros Roger, tout surpris, s'arrête d'un coup. Un début d'affolement s'empare de lui. La stagiaire arrive dans son dos. Le gros Roger se retrouve contre le mur, en murmurant deux ou trois mots incompréhensibles.

Je me pointe. Il est encerclé. Il nous a reconnus.

— Qu'est-ce qui s'passe ? Y a un problème avec le disque ?

Je souris.

— Je parie que vous êtes du Kivu !

— Oui... Comment le savez-vous ?

— Vos amis me l'ont dit.

— Mes amis ?

— Oui ! Aimé Sangimana, Kitsu Kansaï, Étienne Tchumo.

— Quoi ? Je connais pas ces amis-là. Qui êtes-vous ? Des agents ?

— Non ! Des flics. Et on n'aime pas qu'on se foute de notre gueule.

Les voix, le regroupement inhabituel, font fuir les dealers. C'est déjà ça. Grand calme dans le quartier.

Le gros Roger transpire autant qu'il peut. Ses vêtements se sont chargés de suée. Son souffle s'est alourdi. Ses yeux dansent à toute vitesse. Ce type a la trouille. Je vais en profiter. Je lui demande ses papiers. Roger Séko. 38 ans. Citoyen de St Denis.

Je le menace.

— Tu veux finir comme tes amis ?

Il fait non de la tête.

— Tu vas nous raconter une petite histoire ?

Il fait oui de la tête.

— On t'écoute.

— Je les connais parce qu'on est de la même région. Alors on s'entraide un peu. Quand y en a un qui est dans le besoin, les autres l'aident. C'est normal. Mais j'ai jamais eu affaire à des sales histoires. Faut me croire. Je ne sais pas pourquoi on leur a fait du mal. Moi, je ne ferai de mal à personne. Je suis un bon croyant.

— On n'en doute pas. De quoi avez-vous parlé la dernière fois que l'un ou l'autre a téléphoné ?

— De rien. De la vie de tous les jours. Ils étaient mes amis.

— Pas de politique ?

— Non !

— Pas d'argent ?

— Non !

— Est-ce qu'ils avaient des ennemis ?

Le gros Roger bafouille.

— Au Kivu... C'est toujours possible d'avoir des ennemis. Dans les autres régions... Surtout si on se mêle des affaires des autres. Mais eux, ils ne faisaient pas d'histoire.

— Ils ne se sentaient pas menacés ?

— Par qui ?

— Je ne sais pas.

— Non ! Je ne sais rien de tout ça.

— Et Kitsu ? Est-ce qu'il est menacé ?

— Non ! Je ne sais pas. Pourquoi ?

Il respire autant qu'il peut. Comme s'il avait peur de manquer d'air.

— Quels sont les liens entre vous quatre ?

— Des liens ? On se connaît. C'est tout.

— D'où vient l'argent ?

— Quel argent ? Je n'ai pas d'argent. Je n'ai jamais eu d'argent. C'est vrai tout ça !

Je jette un regard interrogatif vers Krief. Un signe discret de la tête comme réponse. On n'en tirera rien de plus.

Je conclus l'entrevue.

— Bon, ça va ! Tu peux poursuivre ta route.

On le laisse partir. D'un pas aussi rapide que son gros corps le lui permet, il s'éloigne.

La stagiaire semble déçue pour sa première opération.

— Il n'a pas dit grand-chose.

— Non ! Mais on n'aurait rien appris en le cuisinant plus. Il a trop peur. Soit il a dit toute la vérité, soit il a menti complètement.

— Pourquoi avait-il peur ?

— Si on admet la théorie de nos amis belges, les deux assassinats avaient pour but de faire peur à la communauté zaïroise en exil, de lui dire de se tenir tranquille. Il a peut-être eu peur que nous soyons au service du nouveau pouvoir.

— C'est pour ça qu'il nous a pris pour des agents.

— Sans doute.

— Et maintenant ?

— On va se coucher.

*

Entre deux nuages des étoiles brillent.

J'ai sans doute l'air con, seul, dans mon petit jardin, à regarder le ciel.

Encore une fois je cherche un responsable à tout ça.

Rien. Rien ne vient. Moi seul suis responsable.

La passion m'a déserté. Inévitablement.

Que reste-t-il ? Un peu d'utopie presque disparue, celle de ma jeunesse, et beaucoup de lâcheté.

Normalement, j'aurais dû quitter le bureau, j'aurais dû cracher à la gueule de Laroche, j'aurais dû balancer le dossier Tchumo, le dossier Cousin, par la fenêtre.

Là, sous les étoiles, j'aurais dû me donner des coups de poing rageurs, j'aurais dû rentrer dans mon petit pavillon, j'aurais dû réveiller ma femme et lui dire de prendre son violon d'une main, sa fille de l'autre. On part.

Mais je vais rester.

Pour le boulot ? Pour la maison ? Pour l'éducation de Fanette ? Rien de tout ça !

Par lâcheté. Simplement. Parce que c'est plus facile et que je ne veux plus me battre.

Les yeux fermés, au loin j'entends le doux frou-frou des étoiles. Autour de moi, sans doute, les ombres dansantes des dieux malveillants, et qui ricanent.

De profundis

Il en a eu des femmes, Père. Nous, ses enfants, sommes issus de sangs différents. Il a semé, essaimé, c'est ainsi qu'il pensait survivre aux soubresauts de la terre africaine. Le culte de l'ancêtre, du patriarche, c'était aussi sa vision du monde.

De loin, il continuait d'observer son pays. Avec la succession des dirigeants, tous corrompus, tous vendus aux puissances étrangères.

Sans doute, il a voulu construire quelque chose d'utile. Mais toujours le mal africain, celui que nous avons hérité de nos colonisateurs, mais que nous avons sans doute amplifié, adapté, ce mal noir, revenait et frappait.

Le Zaïre a versé plus de sang qu'il aurait dû.

Bien sûr avec Lumumba, mais les autres aussi. Tous ceux que l'histoire a déjà oubliés.

Je n'ai jamais fait de politique. Père vivait la politique.

Plusieurs fois il fut sur le point d'être arrêté. Chaque fois il s'en sortait.

C'est à croire que Père parvenait à comprendre la situation avant les autres et qu'il déjouait ce qu'on préparait contre lui.

Après il disparaissait quelque temps, dans la forêt ou

ailleurs, à travers la frontière, par le Rwanda ou l'Angola. Personne ne savait. Et il revenait. Quelquefois avec une nouvelle épouse.

Nous sommes nombreux a être sortis de ses testicules. Et il bande encore, Père.

On a tous été élevés ensemble. Comme une tribu. Il aimait nous montrer. Mais on ne peut pas dire qu'il nous a beaucoup aimés. Notre frère aîné, peut-être. Les autres, surtout les filles, étaient là pour la parade. Il en a marié quelques-unes dans son intérêt. Pour s'allier avec tel ou tel notable. Il savait se montrer aimable avec ceux-là. Mais il pouvait être méchant, cruel, quand l'action politique l'exigeait.

Plusieurs personnes vivaient en lui.

7

J'attends. La pièce est froide. Des magazines de merde sont posés sur la table basse. Je pense à mon Zaïrois pour éviter de penser à moi.

On m'appelle.

J'entre.

Un médecin, un spécialiste, un savant, derrière son bureau, derrière ses lunettes, lit en bougeant les lèvres comme un gamin apprenant à lire.

Il dodeline de la tête sans même me regarder. Suis-je déjà transparent ? Suis-je déjà dans l'au-delà ?

Il a l'air content de lui.

— Très bien ! Il y a de l'espoir que ça tourne bien cette affaire.

Les mêmes mots pour chaque patient. L'espoir, c'est sa principale source de revenu.

— Qu'est-ce que vous entendez par espoir ?

— Vous avez de bonnes chances de vous en remettre.

— Pourquoi suis-je toujours aussi fatigué ? Je bouffe des pilules à longueur de temps, et ça ne change rien.

— C'est normal ! Dans votre état, il faudrait presque six mois de repos.

— N'y songez même pas !

Il m'explique le protocole à mettre en place avec moi. Une nouvelle molécule qui donne beaucoup d'espoir aux chercheurs.

Encore de l'espoir ! J'aurais dû y croire un peu.

Je donne mon accord. Au point où j'en suis !

J'abandonne mon destin à un type que je ne connaissais pas vingt minutes avant.

*

J'arrive au commissariat, les paroles du médecin encore en tête. Je ne salue personne.

Krief a besoin de me parler.

Je vais chercher un café et je m'installe dans mon bureau en attendant qu'il arrive.

Il ne tarde pas.

Il me demande de mes nouvelles. Je lui avais parlé de mon rendez-vous à l'hosto. Je n'ai encore rien dit à ma femme, mais j'ai tout raconté à Krief. Sa compassion est sincère.

— J'ai des chances de m'en sortir. Mais j'y crois pas trop. Les jeux de hasard, c'est pas mon truc.

— Dis pas de conneries. Dans ces maladies, il y a le temps et la volonté qui comptent.

— Pas seulement. Des malades qui voulaient vivre et qui n'ont pas pu, il y en a des millions. Eh puis, quand les dieux sont contre toi, t'as plus grand-chose à espérer.

Il fait semblant de sourire. Je dois lui faire pitié avec mes élucubrations divines.

Krief est un type honnête, droit, et qui fait bien son boulot. Il y a toujours eu entre nous une sorte d'empathie. Je lui ai toujours raconté mes histoires. Je lui ai souvent servi de confident.

— Bon ! Qu'est-ce que tu avais d'important à me dire !

— La petite, Juliette Descombes, on a peut-être quelque chose.

— J'écoute.

— C'est une de ses copines, Stéphanie, qui me l'a raconté. Il paraît qu'elle a rencontré un type d'une bonne vingtaine d'années. Un certain Philippe. La copine l'a aperçu une fois. La petite semblait amoureuse. Mais la copine a eu un drôle de sentiment.

— Du genre ?

— Elle pense que le nommé Philippe n'est pas clair. Elle m'a dit qu'elle le trouvait un peu malsain. Dans son regard, dans son comportement.

— Tu penses à quoi ?

— Je ne pense à rien. On a toujours des surprises dans ces cas-là. De plus, on a retiré 1 000 francs de son compte en banque il y a une semaine. Avec une carte de retrait.

— C'était où ?

— Au distributeur de la Poste. J'ai eu sa mère au téléphone. La pauvre femme me pleurait presque dessus. Sa fille peut juste retirer du liquide. Et 1 000 francs, c'est le maximum autorisé par semaine.

— Il y a une semaine, elle n'était pas si loin que ça.

— Ou quelqu'un du coin possède sa carte et son code.

— Si elle a ou si on a besoin d'argent, il y aura d'autres retraits. Il faut que tu ailles à la banque. Débrouille-toi ! Demande à la mère de t'accompagner. Ils doivent nous dire si on continue de retirer de l'argent sur le compte.

— Et pour le dénommé Philippe ?

— On va sortir du fichier les petites frappes du coin dont le prénom est Philippe. Peut-être que la copine reconnaîtra l'un d'eux. Demande à la stagiaire de t'aider.

— Bien !

— Autre chose ?

— Oui ! Toujours à propos de compte en banque. Chapot, à ma demande, a discrètement interrogé la banque de Tchumo. Laroche, bien sûr, n'est pas au courant. Il n'existe qu'un seul compte au nom d'Étienne Tchumo. Et très peu d'argent y transitait.

— Il a bien fait de vérifier. D'ailleurs il y a une chose qu'on a oublié de faire, c'est le voisin du dessous. Je n'aime pas laisser une piste derrière moi, même si il y a peu de chance qu'il ait entendu quelque chose.

— Ok ! Je m'occupe maintenant de la petite. On peut aller faire un tour chez le voisin en fin d'après-midi.

Krief me laisse seul à mes méditations. L'espoir et le toubib et le reste aussi.

Je me remets enfin au boulot. Le rapport sur le cimetière. Rapide à faire, avec de tels résultats.

*

Le téléphone me fait sursauter.

— J'écoute.

— C'est Tharcisse Ndunga. Tharcisse le conteur. Vous vous souvenez ?

— Vous êtes inoubliable.

— Il va bien, monsieur le commandant ?

— Oui ! Que puis-je pour vous ?

— C'est moi qui vais pouvoir faire quelque chose pour vous. J'ai entendu une rumeur sur la belle-mère d'Étienne. Madame Ougabi. Elle serait membre d'une secte africaine. Il y en a une branche par ici, une autre en Belgique et une dernière en Italie.

— Quel genre de secte ?

— Une secte d'illuminés fanatisés. Pour ça, il faudrait voir quelqu'un. Un certain Kodjo Houanna. Il travaille pour la MJC de Marne-la-Vallée. Animateur plus ou moins social. Il connaît un peu madame Ougabi. Et les histoires de sectes, ça l'a toujours intéressé.

Je note les infos dans mon carnet.

Lui, encore.

— Si vous ne faites rien ce soir, j'interviens près de Melun, au sud du département, dans le cadre d'un petit festival avec nourriture et animations africaines. Vous savez, le genre *découverte de nos amis noirs*.

— Vous y raconterez des histoires ?

— Comme d'habitude. Un plagiat de *Kirikou et la sorcière* pour les enfants et des légendes funestes pour les adultes.

— Non ! Ce soir je m'occupe de ma famille.

— La prochaine fois, alors ?

— Sans doute !

Il raccroche.

Peu après le standard me passe un nouvel appel.

— Oui !

— Bonjour commandant. Ici l'inspecteur De Witte. Vous allez bien ?

— Pas mal. Entre deux eaux, je dirai. Que me vaut l'honneur de votre appel ?

— J'ai deux informations pour vous.

— C'est ma journée ! Les infos pleuvent de tous les côtés. Je vous écoute.

— Après votre séjour à Bruxelles, j'ai fait procéder à une enquête sur l'association des Zaïrois.

— Et ça donne quoi ?

— Ils reçoivent pas mal d'argent sous forme de dons. Ils vivent bien. On peut imaginer une forme de collecte plus ou moins obligatoire dans la diaspora. Et un don important chaque mois. Aux alentour de 500 000 francs de chez nous.

— 500 000 francs belges ?

— C'est ça ! Soit environ 70 000 francs de chez vous. Et cet argent, qui est retiré en liquide chaque mois, disparaît sans laisser de trace.

— Personne ne sait de qui vient le don ?

— Un compte au Luxembourg.

— Et Kitsu ? Qu'est-ce qu'il en dit ?

— C'est ma deuxième information. Kitsu a disparu de Louvain.

— Disparu ?

— Oui ! Personne ne sait où il se trouve.

— Depuis longtemps ?

— Trois jours.

— Mauvais signe ! On peut s'attendre au pire ?

— Il ne faut pas être trop pessimiste mais je crois qu'on peut. À moins qu'il ait pris des vacances.

*

Krief me rejoint sur le parking.

On entre dans l'immeuble. On monte à pied. On frappe à la porte.

Une jeune femme ouvre, les cheveux en désordre, un gamin dans les bras.

Elle doit nous prendre pour des représentants venus la faire chier.

— Qu'est-ce que c'est ?

— Police ! Excusez-nous de vous déranger. Nous venons vérifier une ou deux choses.

— À quel propos ?

— Le meurtre de votre voisin du dessus.

— J'attends toujours que les assurances interviennent pour l'inondation.

Je mens.

— On fera accélérer les choses !

— J'espère bien.

— Vous souvenez-vous avoir entendu quelque chose cette nuit-là ?

Elle ne réfléchit pas vraiment.

— Non ! Rien de particulier.

— Vers minuit ?

— Non ! On dormait déjà. C'est vrai que depuis c'est calme.

Encore un déplacement pour rien.

Elle ajoute cependant.

— Et vous avez l'intention de revenir souvent ?

— Comment ça ?

— Deux de vos collègues ont déjà visité l'appartement il y a deux jours.

— Nos collègues ? Des policiers ?

— Oui ! Ils ont montré leurs cartes aux petits vieux qui habitent en face.

Un regard vers Krief. J'abrège la conversation.

— Excusez-nous.

On monte à l'étage supérieur.

Krief remarque le premier.

— Regarde ! Les scellés.

Ils sont brisés.

Krief prend son portable. Il demande à la stagiaire de se pointer vite fait avec les clés de Tchumo qui se trouvent dans la boîte des pièces à conviction.

On sonne chez les voisins, en face.

Les deux mêmes petits vieux ouvrent.

— Bonjours messieurs !

— Bonjours ! On nous a dit que deux de nos collègues étaient passés il y a deux jours de cela.

La petite vieille.

— C'est exact.

Le mari confirme de la tête.

— Pour des raisons techniques, pouvez-vous nous les décrire.

— Comment ils étaient ?

— C'est ça !

— Il y en avait un assez grand et brun. Et un autre plus rond. Une sorte de rougeaud. Excusez-moi du terme.

— C'est parfait. On voit bien de qui il s'agit. Nous vous remercions !

— Au revoir.

Ils ferment mais je les imagine derrière la porte, observant sans respirer à travers le judas nos faits, nos gestes.

Je dis à Krief.

— Ceux sont bien eux !

— Tu as sans doute raison.

Quelques minutes plus tard, mademoiselle Fauvel, toute essoufflée, arrive.

— J'ai fait le plus vite possible.

— Il ne fallait pas courir.

— J'ai senti une certaine urgence.

— Plus vraiment !

On entre dans l'appartement de Tchumo.

Il reste au sol quelques vestiges de l'inondation.

On visite. Pas de doute, il a été fouillé. Les tiroirs, les meubles, les fauteuils, les coussins, les placards, ont été retournés.

— Ils sont déjà passés.

— Ils sont venus chercher quelque chose qu'on aurait oubliée. Des documents sur Étienne, sur du pognon, sur la Belgique ou le Zaïre.

Je leur raconte l'appel de De Witte et la disparition de Kitsu.

— Qu'est-ce qu'on fait ?

— Je ne sais pas. Ils n'ont peut-être rien trouvé. Qu'est-ce que vous en pensez ?

— Une chance sur deux.

— On sait qu'Étienne était un type plutôt cultivé et sans doute malin. Peut-être a-t-il déniché une cachette inviolable. Vous qui êtes cultivés et malins, où auriez-vous planqué quelque chose d'important ?

Krief suppose.

— Je ne sais pas. Dans un tuyau, dans un pot de fleurs, dans les chiottes...

La stagiaire, très cultivée, cite Edgar Poe et sa *lettre volée*.

— C'est parti !

Pendant une heure on sonde, on fouille, chaque pièce, chaque coin, chaque recoin.

Rien !

— Bon ! On rentre. On s'est fait avoir et moi j'ai quelque chose à faire.

*

J'attends au *Bar des sports*. Encore une bonne demi-heure avant d'aller chercher ma fille à la sortie de son cours de karaté.

J'avale lentement mon verre de bière. Je lui trouve un goût âpre.

Comme tous les jours la nuit est tombée sur les hauteurs bétonnées de Marne-la-Vallée. Les honnêtes gens se sont déjà barricadés chez eux.

Quelques soiffards traînent encore. J'écoute vaguement les propos décousus de ces épaves. Ils s'emmerdent à Marne-la-Vallée. Ils n'ont rien d'autre à faire que de traîner au bar.

Je commande une autre bière. Le serveur, avec son air triste et las, me pose une question sans intérêt. J'oublie d'y répondre.

Je parcours rapidement le journal qui est passé de main en main toute la journée. À chaque page que je tourne, j'oublie ce que je viens de lire. Mon esprit est incapable de se concentrer, sauf autour des paroles du toubib. L'espoir.

Il y a peu de temps je voulais presque ne plus exister. Maintenant je sais que ça me ferait chier de disparaître. Ainsi va la vie des hommes. Une danse à deux temps. Entre la vie et la mort, ça oscille, ça balance, et toujours sur cette musique qui prendra fin, un jour. Avec ces accumulations de souvenirs qui s'envoleront avec la vie même

L'heure du départ sonne enfin.

Je laisse en passant quelques pièces sur le comptoir.

Le parking désert est sombre. Marne-la-Vallée économise l'énergie. Sans doute pour mieux se cacher.

Soudain. Soudain, je sens des mouvements, des ombres, des souffles. Pas le temps de réagir. Je me sens pris, happé, sans pouvoir rien faire.

Ils sont deux.

Le premier, le rougeaud, me tient solidement les deux bras en arrière. En me faisant mal. Il dégage une odeur de musc.

L'autre, le brun, le sec, s'avance.

— On t'avait pas dit de laisser tomber ?

Je sais que je vais me faire casser la gueule. Il ne me reste plus que le mépris.

— Vous êtes quoi, exactement ?

— C'est pas tes oignons.

Je reçois un coup de poing dans le bas-ventre. Je suis à deux doigts de gerber mon litre de bière.

Lui, pour conclure.

— On ne va pas te le redire. Tu laisses tomber le Zaïrois. Sinon, on va être obligé d'élever le débat. Tu sais, on connaît une jolie jeune fille qui fréquente un collège, qui apprend le karaté. Il ne faudrait pas qu'il lui arrive quelque chose à cette jolie jeune fille !

Il est content de lui. Il sourit.

Je pense.

— Les enculés.

Je dis.

— J'ai compris le message.

L'autre me relâche d'un coup. Une surprise totale. Un bref instant, mes jambes ne me portent plus. Je m'effondre sur le sol, comme une loque.

J'entends.

— Si tu cherches quelque chose à faire, retrouve la jeunesse fugueuse ou supprime les sectes africaines, au moins, tu seras utile.

Ils se sauvent dans la nuit. Mon souffle est court. Je tremble. Une voiture qui démarre. Sans doute une grosse bagnole blanche immatriculée à Paris. Enfin je me lève. Je vacille.

Trois secondes plus tard, une DS 21, un joli modèle des années 70, arrive. Une seule personne dans tout Marne-la-Vallée en possède une.

La porte claque. Une voix, celle de Ripolini, mon presque collègue de la police municipale.

— Bonsoir ! Qu'est-ce que vous faites là ?

Moi, faussement vaillant.

— J'avais un peu de temps à perdre. J'en ai profité pour voir deux ou trois personnes dans ce bar.

A-t-il vu quelque chose ?

Moi, encore.

— Et vous ?

— J'ai une réunion.

Ripolini force quelquefois sur le vieux malt. Les difficultés de la condition humaine. Je ne cherche pas à comprendre les moyens qu'on se donne pour digérer tout ça.

— J'ai vu Moussa, le type du *Paradise*.

— Et alors ?

134

— Il ne sait rien. Il m'a donné un vague tuyau mais rien de sûr.

— Désolé !

— Vous n'avez pas votre chien ?

— Je l'ai loué. Il fait chic dans les soirées mondaines.

Je vais vers ma voiture en saluant d'un bras, en souriant.

Il se dirige vers le *Bar des sports* sans se retourner.

Madrid (Espagne), 15 mai 1969, 11 h 34 (Agence de Presse) — Mort de Moïse Tschombé.

Celui que l'on surnommait monsieur « tiroir-caisse » vient de succomber dans sa cellule algéroise d'une crise cardiaque, selon le porte-parole du président Boumédiène.

Agé de 56 ans, ancien Premier ministre de la république du Congo entre juin 64 et octobre 65 et ancien sécessionniste du Katanga de 1960 à 1963, Moïse Tschombé était enfermé sans jugement dans une prison de haute sécurité après avoir été enlevé en 1967 à bord de l'avion qui le conduisait de Madrid à Ibiza, en Espagne, où il demeurait en exil depuis son renversement par Mobutu.

Originaire du Katanga où sa famille fortunée bénéficiait du prestige d'appartenir à la noblesse tribale, Moïse Tschombé a eu pour principaux faits d'armes, au moment de l'indépen-dance du Congo belge, d'user de ses liens privilégiés avec la puissante Union Minière du Haut-Katanga (UMHK) pour réclamer l'indépendance de sa région natale le 11 juillet 60, moins de deux semaines après l'indépendance, mais aussi d'être responsable, avec d'autres, de la mort de Patrice Lumumba.

Il parviendra à se maintenir quelque temps au pouvoir grâce à un corps d'élite, les fameux gendarmes Katangais, encadrés par plusieurs centaines de mercenaires européens, surnommés les « affreux ». L'UMHK fut d'ailleurs le principal bailleur de fonds de cette troupe au service exclusif de Tschombé.

Il faudra l'intervention de l'ONU pour que la sécession Katangaise prenne fin en janvier 1963.

Le retour de Tschombé aux affaires se fera dès l'année suivante où après avoir remporté les élections législatives, il deviendra Premier ministre du président Kasavubu. En septembre 65, on tentait de le contraindre à démissionner, mais c'est le coup d'État de novembre 65 du colonel Mobutu qui le fera fuir du Congo. Il sera condamné à mort par contumace. Il trouvera refuge en Espagne d'où il dirigera ses affaires.

C'est après un enlèvement rocambolesque qu'il se retrouvera en prison en Algérie.

Le gouvernement de Mobutu avait bien demandé son extradition et la haute cour algérienne l'avait autorisé, mais le président Boumédiène ne s'était pas encore exécuté jusqu'à ce que l'on apprenne le décès de l'ancien homme d'État zaïrois.

A. T.

8

Le son du violon.

Celui que produit ma femme dans le salon.

Le réveil indique dix heures quinze.

Un souvenir embrumé. La rencontre avec les deux types. Un mélange de cauchemar et de réalité.

Je hurle en silence.

— Étienne Tchumo ! Qu'est-ce que tu as fait ?

Je sors du lit pour gagner directement la cuisine. Un peu d'eau bouillie et deux sachets de café en poudre.

Ma mixture à la main, je gagne le salon.

Le son du violon.

Elle est debout, de dos, un pupitre devant elle, le violon calé entre sa tête et son épaule, l'archet en mouvement, les cheveux relevés pour ne pas être gênée.

Elle répète. Le métronome claque doucement. C'est romantique à souhait. Monsieur Schubert et l'*andante* de son deuxième trio.

L'art violent du violon tire ses émotions non pas aux cordes grattées mais de l'âme même de l'écoutant.

Elle s'arrête.

Elle a senti ma présence derrière elle.

Elle se retourne.

Ses yeux s'excusent.

— Je t'ai réveillé ?

— Non !

— Il fallait que je répète.

— L'orchestre du Châtelet joue Schubert ?

— Non ! C'est juste pour m'échauffer. Et j'ai pensé que ça serait moins dur à entendre au réveil que Ligeti.

Je pose mon café sur la table.

Je m'approche en hésitant.

— Il faut que je te dise quelque chose.

— À propos de quoi ?

— J'ai fait des analyses médicales.

Son visage se transforme.

— Des analyses ? Quand ça ?

— La semaine dernière.

— Tu ne m'as rien dit.

— Tu étais en tournée.

— Et alors ?

Et alors. Mon histoire. Ma fatigue. Ma pollution sanguine. Ma visite chez le spécialiste.

Le violon, l'archet, lui glissent des mains et tombent au sol.

Un insoutenable tremblement.

Je ne lui raconte pas ma théorie sur la vengeance divine. Elle n'aurait pas compris ma légèreté.

Je veux la rassurer.

— Le toubib est plutôt confiant.

— C'est pas ça qui va me tranquilliser.

Elle pose sa tête contre ma poitrine, ses bras s'accrochent à mon cou. Comme jamais.

Des larmes, des petites larmes, lui gagnent les yeux.

Je dis doucement.

— Ne t'inquiète pas. Ne t'inquiète pas.

— Comment veux-tu que je fasse ?

— Je ne sais pas.

De longues secondes, collés l'un contre l'autre, comme un corps unique.

J'étais rarement très à l'aise dans ces moments d'épanchement sentimental.

Lentement, je la détache de moi.

— Ne t'inquiète pas.

Elle fait oui de la tête, en reniflant.

Elle se retourne. Elle ramasse son violon, son archet. Je reprends mon café. Je retourne à la cuisine.

Alors j'entends le violon reprendre vie. Un air lent et déchirant d'Europe centrale, un de ces airs que les musiciens juifs devaient jouer tandis que les nazis frappaient à leur porte. Pour un peu, c'est moi qui aurais pleuré. L'art violent du violon.

*

Je demande si je peux voir Kodjo Houanna.

La jeune fille, une petite blonde et ronde, qui est à l'accueil, m'explique.

— Monsieur Houanna se trouve dans son bureau à l'étage.

Je prends l'escalier de la MJC.

La porte est ouverte.

Kodjo Houanna est debout. Un très grand type, peut-être deux mètres.

Il me dit d'entrer, de prendre un siège.

Un bureau garni d'affiches vantant les actions et les opérations de la MJC.

Je me présente et je vais droit au but.

— On m'a dit que vous saviez quelque chose sur la belle-mère d'Étienne Tchumo, un Zaïrois qui vient de décéder.

Il n'a pas vraiment l'air surpris par la question.

— C'est possible.

— C'est Tharcisse qui m'a parlé de vous.

— Je connais bien Tharcisse. Il parle beaucoup. C'est son métier, mais il parle beaucoup.

— Que pouvez-vous me dire ?

Il me jette un regard amusé.

— Je sais quelques petites choses.

— Je vous écoute !

— Savez-vous qu'il y a beaucoup de sectes en Afrique ?

— C'est possible.

— Il y a vraiment beaucoup de sectes et certaines d'entre elles sont vraiment dangereuses. L'une d'elles vient de procéder à un massacre parmi ses membres. Plus de deux cents personnes brûlées vives. C'était en Ouganda. Mais ça aurait pu être ailleurs. Au Zaïre ou au Kenya. Qu'importe. Il s'agit de sectes millénaristes. Elles attendent la fin du monde. Et pour les plus impatientes, elles accélèrent un peu le destin. En attendant l'Apocalypse, les fidèles abandonnent tout. Argent, famille, statut social. On peut dire merci aux missionnaires chrétiens d'avoir apporté à l'Afrique l'Apocalypse et ses malheurs. Avec l'islam ou les religions animistes, le continent n'aurait pas eu ces problèmes.

— Il en aurait eu d'autres.

— Je vous l'accorde.

— Quel rapport avec mon affaire ?

— Madame Françoise Ougabi, la belle-mère d'Étienne, est membre d'une de ces sectes. *L'Église des Stigmates du Sauveur.* Un membre important, d'ailleurs.

— Comment savez-vous tout ça ?

— Elle est venue en France il y a un peu plus d'un an. Son but était de récolter des fonds et de faire de nouveaux adeptes parmi les exilés. Bien sûr, elle s'est logée chez son beau-fils, Étienne. Mais ça s'est mal passé entre eux. Il l'a mise dehors au bout d'une semaine. Il ne pouvait plus supporter ses élucubrations. Elle a fini son séjour à l'hôtel. Moi, je ne serais pas surpris qu'elle soit liée à la mort d'Étienne. La machette, c'est une histoire de vengeance. Pour elle, la vie des autres n'a pas grande importance. Même celle de sa famille. On peut imaginer un adepte ayant reçu un ordre.

— Comment l'avez-vous connue ?

— Elle voulait participer au programme d'alphabétisation que nous avons auprès des femmes africaines. Nous avons accepté. Mais au bout de deux séances, je me suis rendu compte qu'elle leur parlait plus souvent de Dieu que de l'accord du participe passé. Nous l'avons remerciée. Je n'ai plus eu de ses nouvelles depuis.

— Et son beau-fils ?

— Étienne ? C'était un type assez sympatique. Plutôt intelligent. Il a donné quelques cours d'initiation à l'informatique chez nous. Je suis allé deux ou trois fois chez lui pour des soirées. Je ne le connais pas plus que ça.

— Des soirées ? Il en faisait souvent ?

— Je ne sais pas. Il semblait aimer la fête.

— D'après vous, on compte beaucoup d'adeptes, chez les stigmatisés du Sauveur ?

— Difficile à dire. C'est plutôt secret comme organisation.

— Et en France ?

— Difficile à dire. Quelques dizaines.

— Êtes-vous zaïrois ?

— Pas plus que vous. J'ai des ancêtres au Dahomey. Je les ai perdus quand la IIIe République a estimé qu'ils n'étaient pas assez civilisés comme ça. Depuis, dans ma famille, nous sommes français.

Il semble assez content de sa tirade. Je ne réponds rien. Il n'y a guère de réponse possible. L'histoire n'est pas une science morale. C'est juste l'application automatique, systématique, de la loi du plus fort.

Je quitte la MJC plein de doutes et de questions.

Une secte ? Une vengeance ? Pourquoi pas ! Mais quel est le lien avec les deux types en voiture blanche ?

*

Je reviens de la librairie. Je n'y ai pas trouvé grand chose. Une histoire de l'Afrique au XXe, un bouquin sur le rôle de la France en Afrique sous la Ve République, une carte IGN de l'Afrique centrale.

Je m'installe à la plus grande table du *Bar des sports*. Les autres ne vont pas tarder à arriver.

J'ai surtout besoin de me poser, de me reposer, un instant. Un sévère mal au crâne et des yeux douloureux m'ont assommé, ou presque.

Pour une fois le bar est calme. Le fonds de survie alloué par l'État ou l'UNEDIC doit être à sec pour la plupart des fidèles consommateurs.

Papy arrive le premier. Il me demande de mes nouvelles.

Réponse classique.

— Tout va bien.

Il se retourne sur une jeune femme qui passe.

— Jolie ?

Je fais un geste affirmatif.

Je lui tends un paquet.

— Qu'est-ce que c'est ?

— C'est pour ton anniversaire.

— T'es en avance de sept mois.

— C'est pour la dernière fois. J'avais oublié.

— C'est quoi cette connerie. Tu ne m'as jamais souhaité mon anniversaire.

— C'est justement pour ça. Je me rattrape.

Il déchire l'emballage.

— Un disque ! *Soukouss Express volume 1*.

— C'est zaïrois ! Peut-être que ça t'inspirera.

Il me remercie.

Krief et la stagiaire arrivent à leur tour. Ils s'installent.

On commande.

Je demande à Krief.

— Tu as trouvé quelque chose ?

— Plus ou moins.

Il pose sur la table une pile de feuilles.

— J'y ai passé toute la soirée. Tu as de la chance, j'ai *internet*.

— On t'écoute.

— J'ai pas mal d'articles récents sur le Congo et le Zaïre. J'ai fait tous les principaux journaux disponibles sur le *Net*. En gros, je t'ai apporté tout ce qu'il faut savoir pour bien connaître l'histoire récente de la région. Depuis l'indépendance jusqu'à la semaine dernière et la biographie des principaux personnages du pays.

— Parfait.

— Juste une chose. Tu verras, c'est assez compliqué. Je m'y suis un peu perdu entre les ethnies, les partis politiques, ceux de l'intérieur, ceux de l'extérieur, les Français, les Belges, les Américains, les Sud-Africains, les Angolais, les Rwandais, et tous les autres.

— Tu as vu un lien avec notre affaire ?

— En partie. Quand j'ai étudié le dossier de Tchumo, à l'OFPRA, j'avais vu qu'il était membre d'un mouvement politique.

— Oui.

— Il s'agit du Conseil Régional de Résistance pour la Démocratie, créé par un certain Kisasse Ndangu. Ce mouvement était opposé à Mobutu. En 96, il fait alliance avec trois autres mouvements dont celui de Kabila, le Parti Révolutionnaire du Peuple. Rapidement, en partant du Kivu, l'alliance a traversé tout le pays pour prendre la capitale, Kinshasa. Et c'est là que Kabila va entuber les autres et se déclarer président de la nouvelle république démocratique du Congo. L'année suivant, Kisasse Ndangu se fait assassiner. Ceci dit, notre Étienne Tchumo a déjà débarqué en Europe.

Papy demande.

— Et tout ça vient du Kivu ?

Krief confirme de la tête.

Je prends un temps. J'ai besoin de respirer. Je suis mal à l'aise. J'ai mal au cœur. J'ai pourtant doublé la dose de pilules orange ce matin.

Je résiste.

146

Je déploie la carte sur la table.

— Le Zaïre, c'est cinq fois la France. Le Kivu, c'est ce qu'il y a le plus à l'est. Au contact du Rwanda, du Burundi, de l'Ouganda et de la Tanzanie. Le Kivu, c'est notre seule piste pour le moment. Quant au mobile, règlement de comptes, secte, assassinat politique, j'en sais rien encore.

Je raconte ma visite à la MJC. Krief, qui fréquente cette institution, confirme que Kodjo est un type réglo.

Papy remarque.

— Mais les deux types de l'aéroport n'avaient rien de zaïrois.

— Et alors ? Si on les paye ?

— Et pour le meurtre en Belgique ?

— J'en sais rien ! C'est peut-être Étienne. C'est peut-être quelqu'un d'autre. Mais on ne pourra pas lui reprocher la disparition de Kitsu, à Louvain. En tout cas, il y a du pognon qui circule dans cette affaire. Et pour de l'argent, on tue facilement.

Je demande à la stagiaire.

— Vous faites quoi cette nuit ?

— Moi ? Je dors.

— Parfait ! Je vous embauche. Rendez-vous à minuit devant le commissariat.

— Vous êtes sérieux ?

— Oui ! Habillez-vous sexy, comme pour aller en boîte. D'ailleurs, on va en boîte.

Deux ou trois détails en plus pour ne pas l'inquiéter.

Je demande à tout le monde d'être discret.

Et je ne leur dis rien sur mon agression de la veille.

Un flash. Les deux ombres. La menace. Moi. Ma fille.

Ils ont dû remarquer avant de partir combien j'étais blanc de douleurs et d'angoisses.

*

Des traînées sanguines de soleil se sont attardées dans le ciel.

En cette saison c'est rare et c'est mauvais signe.

La ville irradie étrangement de ces rougeurs que les immeubles et les toits réfléchissent en écho.

Je rentre chez moi.

Du monde sur les trottoirs. Des gens presque heureux en apparence.

Mon esprit me joue des tours. Mon sang charrie de la merde et m'envoie des hallucinations. Un mauvais trip. Mon état de conscience est sévèrement perturbé.

Où est le ciel bas, le ciel lourd ? Où sont les visages silencieux et les flux continus des habitants et des véhicules qui animent le quotidien désespérant de la ville ?

Mon pavillon. Une sorte d'instinct primaire me guide, m'entraîne. À ma femme, à ma fille, je ne dis rien. Je me précipite aux fenêtres pour fermer les volets.

— Qu'est-ce que tu fais ?

— On s'enferme. Je sens qu'un malheur arrive !

— T'es pas bien ?

Moi, soudain pris d'une suée.

— Quoi ?

— Je te demande si tu n'es pas bien ?

Je ne réponds pas. J'en suis incapable.

Ma femme s'approche, me touche le front.

— Tu es brûlant ! Tu as une sacrée fièvre.

Son regard s'emplit d'inquiétude.

Je tente de produire une vague réponse.

— La fatigue... Le boulot... L'enquête... J'ai une filature...

— Il faut te reposer.

— Pas ce soir.

Respiration. Expiration.

Je dis à voix basse.

— Tu n'aurais pas envie... de quitter Marne-la-Vallée ?

Elle hésite.

— Pourquoi ? Tu voudrais ? Tu voudrais partir ?

— Je veux changer... Changer d'air.

— Et moi ?

— Tu peux demander un poste à Toulouse, à Nantes, à Bordeaux. Je ne sais pas. Une violoniste comme toi...

— Oui ! Si tu veux. On peut quitter ce coin.

Fanette va rouvrir les volets.

— Le ciel est noir. On dirait qu'il va pleuvoir.

Je me sens mieux. Les choses rentrent dans l'ordre des choses.

*

Des types en costume, des filles en robe moulante, et qui attendent.

Nous deux, beaucoup plus pâles que la moyenne.

Ils sont une dizaine à patienter devant l'entrepôt.

Le *Bar d'en d'sous* est bien caché.

La forte ondée est maintenant passée. Un reste d'humidité traîne encore dans l'atmosphère.

La porte métallique s'ouvre, se ferme, laissant entrer des clients et sortir des flots sonores.

Notre tour vient.

Un type aussi large que haut me questionne d'un regard. Le nom de Moussa Diakité et deux fois cinquante francs nous servent de droit d'entrée. Boissons non incluses.

À l'intérieur, ambiance discothèque type collé-serré.

Le décor. Petites tables, petites chaises, petit bar et grosse musique.

On trouve une place dans un coin. Moi, bon prince, je prends la direction du comptoir, en quête de deux verres de champagne. Je lâche encore deux fois cinquante francs.

Je reviens à notre table avec les boissons.

Au total nous sommes six Blancs pour une centaine de Noirs.

La stagiaire bouge en rythme. Avec sa robe sombre et ses beaux yeux, c'est un ravissement.

Elle demande en hurlant.

— Qu'est-ce qu'on cherche ?

— Je ne sais pas. Des habitués. Des infos sur Étienne.

À côté, deux types, des étudiants sans doute, discutent à voix haute de politique. Je crois entendre, comprendre, qu'ils viennent du Congo-Brazzaville.

Je reprends la direction du comptoir. Ça bouge, ça danse, ça sonne autour de moi. Et ça manque d'air.

Je fais un signe au patron.

Il porte un chapeau bariolé sur la tête.

Il s'approche.

Je lui montre la photo d'Étienne.

— Déjà vu ?

Il fait non de la tête.

Je dis près de son oreille.

— Dans ce cas, je vais être obligé de faire fermer votre boîte.

Il s'écarte, fronce les sourcils, attrape la photo.

Un rictus d'entendement s'empare de son visage.

Il pousse un petit cri avant d'expliquer.

— Ah oui ! Ah oui ! J'avais mal vu.

— Il vient souvent ?

— Vous savez comme moi qu'il est mort.

— Il venait souvent ?

— Quelquefois.

— Seul ?

— Oui !

— Que savez-vous sur lui ?

— Rien ! Vraiment rien ! Juste que c'est un Zaïrois du Kivu.

— Il repartait avec des filles ?

— Sans doute. Je ne sais pas. C'est possible.

— Il parlait avec des gens, des amis ?

— Peut-être ! Comment voulez-vous que je contrôle tout le monde.

Je n'ai rien d'autre à lui demander. Il n'a rien d'autre à me dire.

Il m'offre deux autres coupes de champagne pour sceller notre nouvelle et récente amitié.

J'accepte.

Je retourne à la table. La stagiaire s'est levée. Elle danse sur la piste entourée par des types.

Je lui donne quinze minutes avant de lui signifier le départ.

Je patiente en buvant les deux coupes.

Ma tête résonne. Les sons et les images se mélangent à l'alcool. Un sacré cocktail que je vais avoir du mal à digérer.

Enfin, on prend la sortie.

L'air vif me soulage.

Elle constate.

— Vous n'avez pas dansé.

— Non ! J'aime pas ça !

— Tout le monde aime danser !

— Tout le monde sauf moi.

On rejoint la voiture.

Elle demande.

— Qu'est-ce que ça a donné ?

— Rien ! Pas grand-chose. Il venait ici quelquefois.

— Moi, j'ai une info. Étienne Tchumo claquait pas mal d'argent dans cette boîte et dans d'autres. Il prenait deux ou trois bouteilles par soir. À cinq cents francs la bouteille. Et plusieurs fois par mois, vous faites le compte.

— Étienne Tchumo ne nous a pas encore tout révélé de son passé. Autre chose ?

— La musique qu'on a écoutée, c'est du *Ndumbolo*. Une spécialité congolaise.

Masque facial de l'ethnie PENDE

Le masque est là, on le sent à tous les moments de la vie. Les rites sont complexes et sont transmis depuis l'aube des temps.

Il accompagne le passage avec l'abandon de l'état précédent, la transition et pour finir l'acquisition du nouveau statut. Toujours l'homme doit mourir pour mieux renaître. Alors le masque est là pour indiquer la marche à suivre, pour guider les premiers pas, et pour entrer à nouveau dans la communauté des hommes.

Pour cela, le masque doit inspirer la crainte.

Ce n'est pas du théâtre, de la représentation, pour distraire, pour imiter. Le masque ne ressemble pas. Il suggère la présence de l'autre.

Se masquer, c'est prêter vie à un être de nature différente. Pour un temps. Le masque crée de l'éphémère.

Tout est double. On se cache derrière la mascarade, on entre en communication avec les puissances. Mais a-t-on besoin du masque pour se dissimuler ? Le masque invisible n'est-il pas le plus puissant ?

9

On s'agite au commissariat de Marne-la-Vallée.

Dans la nuit, on a procédé à une série d'arrestations. Une dizaine de mômes qui dévalisaient méthodiquement un magasin de sport. Des chaussures, du matériel, et d'autres saloperies de la *société de consommation*.

Tous les officiers sont sur le pont. Procédures de flagrance. Auditions. Rapports.

Je coordonne tout ça au milieu des cris, des insultes, des pleurs.

En fin de matinée le calme revient. Je prends le temps d'avaler un café et d'ouvrir mon courrier.

Une grande enveloppe matelassée m'intrigue. Je l'ouvre.

— Merde !

Je suis gagné par une sorte de secousse nerveuse.

— Putain de Merde !

J'appelle Krief en urgence.

Il arrive en courant.

— Qu'est-ce qui se passe ? J'ai encore deux auditions !

— J'ai reçu un paquet.

— Un cadeau ?

— Plus ou moins. Regarde !

Je lui tends la grande enveloppe et son contenu : un compact-disque.

Son visage s'assombrit.

— *Soukouss Express volume 2* !

— Oui ! Regarde le cachet de la poste.

— Paris 18. Ça vient d'*Africasoundsystem* ! C'est quand même pas un cadeau du gros Roger ?

— On va vite le savoir.

Je sors du dossier Tchumo le numéro du disquaire africain.

Je compose. On décroche. Je demande à parler à Roger Séko, le Zaïrois. On me répond qu'il ne vient plus travailler depuis plusieurs jours. Et qu'on ne sait pas où le trouver. Et qu'on refuse de me donner son adresse parce qu'on sait pas qui je suis. J'insiste. Je menace. On coopère. J'obtiens son adresse, à Saint-Denis, mais il n'a pas de téléphone fixe et on ne sait pas comment le joindre.

Un regard vers Krief.

— Ça devient compliqué. Où est la stagiaire ?

— Dans le bureau. Elle apprend à réagir calmement quand on manque de respect aux forces de l'ordre.

— Tu lui dis que je veux lui parler. J'ai un boulot pour elle.

— Pas de problème !

— Et tu évites de lui apprendre de mauvaises habitudes.

Il sort en haussant les épaules.

Le dossier Tchumo est encore ouvert. Sur une feuille de papier je récapitule tous les noms, tous les indices, toutes les pistes. De la méthode et de l'ordre.

Je trace des flèches entre ceux qui se connaissent.

J'encadre, je souligne, je place quelques points d'interrogation.

Je dresse la liste des pistes non exploitées. On n'a pas étudié en détail les numéros de téléphone des connaissances de Tchumo. On n'a pas cherché à connaître le numéro non attribué que Tchumo et Sangimana ont appelé avant leur mort. Et d'autres petits détails encore. Beaucoup d'ingrédients mais bien peu de liant pour faire prendre la sauce.

Je sens que je suis en train de merder l'enquête. J'ai peur d'arriver au même résultat que pour le dossier Cousin. Une nouvelle affaire non résolue malgré mon acharnement. Je cherche des excuses. La faute du patron qui refuse de poursuivre. La faute de mon corps malade, affaibli, qui refuse de donner tout ce qu'il peut. Jamais je n'ai autant ressenti les liens puissants qu'entretiennent ma carcasse et ma cervelle.

La stagiaire apparaît dans l'encadrement de la porte.

Elle a changé de coiffure. Je lui donne quelques explications pour qu'elle effectue une visite dans le 93. Elle comprend qu'elle sera seule car je n'ai pas d'officier disponible pour l'accompagner. Elle affirme pouvoir s'en sortir. Je n'ai pas de doute là-dessus.

Elle prend un air sérieux puis elle s'en va.

Je referme le dossier Tchumo. Je garde juste la feuille avec mes notes sous les yeux.

Un temps de réflexion. Deux ou trois éléments qui se mettent en place, mais il me manque encore la ligne directrice.

Le patron me fait appeler. Sans doute pour me demander de gérer au mieux les gardes à vue.

Je descends.

La porte de son bureau est ouverte.

Deux types sont présents. Je les vois de dos. Avec leurs costumes élégants, leurs cheveux courts, leurs physionomies particulières, je les reconnais tout de suite, mes deux agresseurs, les deux types de l'aéroport, les deux types à la voiture blanche immatriculée à Paris.

Laroche me dit d'entrer.

Je m'avance. Ils me regardent à peine.

À nouveau je sens cette odeur de musc presque agressive.

Laroche tient une cigarette allumée entre ses doigts. Il en prend deux bouffées rapides. Son trentième sevrage n'a pas duré une semaine.

Un silence pesant nous étouffe. J'ai des envies de meurtre contre ces trois-là.

Laroche écrase sa cigarette à peine entamée.

Il se racle la gorge et ouvre à moitié la bouche pour imiter un vague sourire.

Je pense.

— Ce con se fout de ma gueule.

Je dis.

— Tu m'expliques ce qu'il se passe ?

— Je te présente Dufour et Lambert, deux collègues de la DST.

Je pense.

— Collègues, mon cul.

Je dis, aigre.

— On se connaît déjà !

Laroche, avec maintenant un rictus détestable à la gueule, fait.

— Oui ! C'est ce qu'ils m'ont dit. Mais on va s'expliquer. Tout mettre à plat.

— Je n'attends que ça.

Le dénommé Dufour, le grand sec, sournois, méprisant, ajoute.

— Nous aussi !

— Il faudrait qu'on m'explique pourquoi deux types de la DST tournent autour de moi et de ma famille.

Dufour, lentement, comme s'il réfléchissait à chaque syllabe avant de la prononcer, ou comme s'il me prenait pour un abruti.

— C'est plus compliqué que vous ne croyez. C'est une question de sécurité nationale. Nous sommes désolés d'avoir eu à intervenir. Nous ne savions pas vos intentions.

J'attends la suite sans bouger, sans frémir.

Dufour, toujours.

— Voilà les faits ! La mère de Tchumo est russe, comme vous devez le savoir. Une certaine Valéria Afanasieva. Elle a rencontré son père au Zaïre, peu après l'indépendance. Elle était journaliste pour l'agence TASS. Elle avait également sa carte du Parti Communiste. Je veux dire qu'elle était liée au pouvoir soviétique. On a un vieux dossier sur elle. Bien sûr, il y a eu quelques changements depuis, mais la Russie existe toujours. Nous pensons qu'elle se servait de son fils pour effectuer des opérations de renseignement industriel comme elle faisait du renseignement politique en Afrique, il y a quarante ans. On a les preuves pour l'Afrique. Au moment des indépendances africaines, l'Union soviétique avait soutenu tout un tas de mouvements de tendance marxiste-léniniste. Le Zaïre était une de leurs priorités. Mais nous avons été plus efficaces. Dans d'autres pays ce sont eux qui nous ont dominés. C'était la guerre froide. Depuis, les agents se sont reconvertis. Nous savons qu'elle a fait récemment plusieurs fois l'aller-retour entre Saint-Pétersbourg et Paris. Nous avons de bonnes raisons de croire qu'à ces occasions elle a servi d'agent de liaison entre des agents travaillant en France pour les Russes et les services secrets de l'ex-URSS. Dans le domaine de la chimie ou de l'informatique.

Il y a un lien. Étienne travaillait dans l'informatique quand il était en Afrique.

Je demande.

— Mais quel rapport avec le meurtre et avec le demi-frère ?

— Nous pensons qu'Étienne a été éliminé parce qu'il refusait de travailler pour les Russes ou parce qu'il avait découvert les activités de sa mère. Quant au demi-frère, nous voulions être sûrs qu'il n'avait aucun lien avec cette histoire.

— Et la machette ?

— On ne sait pas. Un truc à eux. Sans doute pour multiplier les pistes.

— Est-ce votre voiture qui était devant le domicile d'Étienne le soir du meurtre ?

Dufour semble étonné.

— Notre voiture ? Absolument pas ! Nous n'avons été informés de l'histoire que le lendemain.

— Pourquoi alors m'avoir menacé ?

— Nous ne voulions pas que la police s'occupe réellement de cette histoire. Il fallait être discret. Déjà que votre juge d'instruction s'est mis à parler avec la presse.

Nous voulions remonter la filière. Le renseignement industriel coûte des milliards chaque année à la France.

— Et la visite chez Tchumo ?

— Un simple contrôle. Pour vérifier si aucun détail ne nous avait échappé.

— Vous n'avez rien trouvé ?

— Non ! Rien. Comme vous, j'imagine.

— Et le gros Roger ?

— Qui ça ?

— Un Zaïrois qui bosse à Barbès.

— Jamais entendu parlé.

Je ne dis rien sur le disque.

J'ai des doutes. Si ce n'est pas eux, c'est qu'il y a quelqu'un de très efficace derrière tout ça. Pourquoi pas les Russes ?

Mais il est hors de question de collaborer avec des raclures qui ont menacé ma fille, qui m'ont défoncé l'estomac d'un coup de poing.

Je porte mon regard vers Laroche. Il a l'air satisfait des explications. Discrètement, il me fait un signe de la tête pour sous-entendre que les deux types sont réglos.

Pourtant, une espionne de soixante-cinq ans ça ne colle pas trop avec le renseignement industriel. Mais leur discours est crédible et correspond aux faits.

Laroche intervient.

— Je t'avais bien dit que cette affaire n'était pas pour nous.

— Il y a quand même eu un meurtre. Et le coupable court toujours. Et il y a sans doute des ramifications à l'étranger.

Dufour explique.

— Tchumo devait avoir des activités pour son propre compte. Peut-être était-il en contact avec les exilés zaïrois dans le but de collecter des fonds pour aider ceux qui sont restés au pays. Mais ça n'est pas notre problème. Nous n'avons pas de liens avec la cellule Afrique. Quant au meurtrier de Tchumo, ne comptez pas le retrouver. Nous nous en chargeons. Si c'est un Russe, il sera expulsé diplomatiquement.

— Si c'est quelqu'un d'autre ?

— On espère l'avoir rapidement. Mais ça ne passera pas par les voies de la justice légale.

— Vous allez régler ça entre gens de la DST.

— Ce n'est pas moi qui décide.

Le patron, sentant que le ton monte.

— Bon ! Maintenant que tout est clair entre nos services, nous pouvons mettre un terme à cette discussion.

Je pense.

— Cet enculé ne me soutient même pas.

Je dis.

— Très bien !

Les deux types de la DST produisent ensemble un geste sec et automatique de la tête. Ils me tendent une main que je refuse de serrer. Ils quittent rapidement la pièce.

Laroche conclut.

— Maintenant, j'espère que tu vas te concentrer sur cette disparition.

— On a une piste.

— Parfait !

J'entre dans la salle où les enseignants, le directeur, les élèves sont déjà présents. Moi, en bon père de famille, je vais assister au conseil de classe de ma fille.

Les enseignants bavardent entre eux. J'écoute vaguement. Je pense à autre chose.

Il se dit que la classe est agréable, que la classe ne travaille pas assez. Comme d'habitude. 34 gamins en même temps. Comment voulez-vous qu'ils travaillent tous ?

Ils évoquent les cas un par un. Les nuls et les moins nuls. Ma fille est dans cette dernière catégorie. Alors, tout va bien !

Soudain. Soudain le téléphone portable sonne, celui du commissariat que je prends quelquefois quand je suis en service.

Trois mots d'excuse et je sors de la salle.

— Oui !

— C'est Krief ! On a quelque chose.

— Tchumo ?

— Non ! La fille.

— J'arrive.

Retour dans la salle du conseil. Trois nouveaux mots d'excuse. Tout le monde s'en fout. Je sors.

*

— On a eu un peu de chance. Je venais de recevoir l'information comme quoi il y a bien eu un deuxième retrait de 1 000 francs il y a deux jours et dans le même distributeur de la poste. J'en avais conclu que la fille ou la personne qui se servait de sa carte était encore dans le coin.

— T'as fait faire une patrouille.

163

— J'allais le faire. Mais maintenant ce n'est plus la peine. On a bien mieux. Juste à ce moment un type s'est pointé dans mon bureau. Il me raconte qu'il est en train de se faire construire une maison à Marne-la-Vallée. Qu'il habite quelque part en Normandie et qu'il ne vient ici que de temps en temps. En arrivant ce matin, il découvre sa maison squattée par un groupe de jeunes. Il se fait insulter, cracher dessus, et le voilà qui vient porter plainte. On le conduit à mon bureau car les autres officiers n'étaient pas disponibles. Alors il aperçoit une photo de la petite qui traînait. Il hurle que c'est elle. Il ajoute qu'elle faisait partie du groupe de squatters.

— Et ce n'est pas loin de la poste !

— Exact !

— C'est du bon boulot. Le patron va être content. Qui intervient ?

— Un fourgon de quatre et nous deux. Le propriétaire nous attend devant.

— La stagiaire ?

— Elle avait quelque chose d'important à faire.

— C'est vrai ! C'est moi qui lui ai demandé.

Dans le hall du commissariat, avant que je ne sorte, le planton s'approche, un papier à la main. Un appel téléphonique pendant mon absence.

Il a noté. *Kodjo Houanna pour Cdt Mangin. 16 h 20. Pour la secte voir Monsieur Ngoti au foyer Sonacotra. Possible membre. Demander à Cdt Mangin de re-contacter Kodjo Houanna. Informations sur le Zaïre.*

J'appellerai plus tard. Les affaires une par une. De la méthode.

Sur le parking du commissariat le fourgon nous attend.

Je me dirige vers le brigadier, un vieux flic qui finit sa carrière cette année.

— On fait ça en douceur. Il s'agit juste de récupérer une jeune fille.

— Pas de problème, commandant !

Krief arrive dans une voiture banalisée.

On démarre, on traverse une partie de la ville.

Un peu d'action, histoire d'oublier un instant ma petite personne.

La rue où se trouve le squat est dans un quartier tranquille. Un des derniers endroits de la ville nouvelle où il restait un peu de terrain libre. Mais on l'a découpé, parcellé, vendu au prix fort, pour y construire des baraques.

La maison squattée est presque achevée. Deux étages et du standing. J'imagine déjà le bordel à l'intérieur.

Un petit type, rouge, furieux, sort d'une belle voiture.

— C'est pas trop tôt !

Je m'énerve.

— Vous avez un problème ?

— J'veux qu'on les expulse, ces petites merdes.

— Écoutez, laissez-nous faire notre travail. Tenez-vous en retrait. N'intervenez pas. C'est compris ?

— Heu... Oui !

— Parfait. Maintenant, faites-moi une rapide description de l'intérieur.

— On entre dans un petit hall. À gauche, y a une penderie, puis des toilettes, puis un escalier pour l'étage, puis une cuisine. À droite, y a un grand salon, tout en longueur.

— Au premier ?

— Trois chambres, une salle de bains. Et encore un escalier. Pour le deuxième étage. Avec deux autres chambres et une autre salle de bains.

— Très bien.

Je fais un signe au brigadier. Je mets un brassard *police*. Krief aussi.

Dans le jardin en friche on entend des échos de musique. Un peu comme du *hard-rock*, la musique de ma jeunesse.

La serrure de la porte est défoncée.

Le hall est garni de sacs-poubelles. Personne pour nous accueillir. La musique sonne toujours, venant des étages. À droite, la grande pièce, le salon. Au sol, des boîtes de conserve, deux réchauds à gaz, des casseroles, des bouteilles de bière, de vodka. Et ça pue.

Et les murs !

Les murs sont décorés à la peinture noire. Des croix, des pentacles, des signes kabbalistiques.

— Merde ! Le cimetière.

Je prends la tête de mes troupes pour atteindre le premier. La musique assourdissante vient d'une chambre à gauche.

Soudain un jeune type apparaît.

Il crie.

— Y a les keufs ! Y a les keufs !

La musique s'arrête d'un coup. Le calme avant la tempête.

Trois nouvelles têtes apparaissent. Deux autres types et une fille. Tous mal lavés, mal habillés. Juliette est absente du lot.

— On cherche Juliette.

— Allez vous faire enculer !

Je m'approche du bavard.

Portrait. Vingt ans et une dizaine de piercings métalliques sur la gueule.

Il me défie du regard, en rebelle qu'il veut être.

Sans prévenir, je lui balance une baffe magistrale.

Il en vacille. Les piercings lui sont presque rentrés dans le crâne. Les autres n'osent plus bouger.

Je me secoue la main en disant.

— Insulte à agent, c'est six mois de taule. Alors estime-toi heureux de n'avoir reçu qu'une fessée. Maintenant tu vas me dire où se trouve Juliette.

Il désigne l'escalier du doigt.

— À l'étage.

— Elle est seule ?

Il fait oui de la tête.

Je monte avec Krief. Les quatre flics restent en garde statique au premier.

Une seule chambre est occupée. Elle est là, semblable à la photo, un affreux maquillage sombre en plus.

— Juliette ?

Pas de réponse. Elle est assise sur une vieille couverture, le dos contre le mur. Autour d'elle sont dispersés des vêtements, des sacs plastique, un sac à dos, un duvet, quelques journaux.

— Viens avec nous !

Elle fait, le regard haineux.

— C'est mes parents qui vous envoient ?

— Pas tout à fait.

— C'est hors de question que j'vienne. Je les emmerde. J'veux être libre.

— C'est pas comme ça qu'on est libre.

— Mes parents, c'est des cons. J'veux plus avoir à faire avec eux.

— Sauf retirer de la banque l'argent qu'ils te donnent !

Elle fait, après avoir marqué un temps.

— Faut bien qu'ils me servent à quelque chose. J'ai pas demandé à vivre avec eux.

— T'auras qu'à leur dire.

— Et si je veux pas vous suivre ?

— Ils vont porter plainte contre Philippe pour détournement de mineur, et il ira en prison.

— Je vous crois pas. On s'aime, avec Philippe.

— Le juge en aura rien à foutre de votre amour.

Elle doute.

— Et les copains ?

— T'étais avec eux au cimetière ?

Elle murmure.

— C'était pour s'amuser.

— En France, on ne s'amuse pas avec les morts.

— Mais j'étais pas avec eux ! Je peux le jurer.

— Tant mieux pour toi. Où est Philippe ?

— Il cherche à gagner un peu d'argent.

— C'est un beau métier.

Elle me jette un pauvre regard soumis avec ses yeux clairs de petite fille perdue. C'est gagné.

Alors elle se lève. Elle attrape le sac à dos, range quelques affaires, griffonne quelques mots sur un bout de papier.

On sort de la pièce, on redescend lentement.

Au premier étage elle fait un signe de la main aux squatters silencieux.

On poursuit la descente.

Le propriétaire nous attend en bas.

— Vous ne les expulsez pas ?

— Chaque chose en son temps.

— Mais c'est chez moi. Ils occupent ma maison, ils salissent, ils détruisent mon bien.

— Je sais. Un peu de patience.

— Mais…

— J'ai dit un peu de patience !

On sort.

En quittant le jardin, j'appelle discrètement Krief.

— Dès que je suis parti, vous embarquez tout ça. Tu me les coffres, on va leur faire passer l'envie de rire dans les cimetières.

— Tu sais que les cellules sont pleines.

— On se débrouillera. On les laissera dans un fourgon au garage si besoin est.

Il dit oui.

Je prends Juliette par les épaules.

— Désolé ! Je te ramène chez tes parents.

*

Valérie Fauvel, la stagiaire, j'ai enfin retenu son nom, s'avance vers mon bureau, un beau sourire aux lèvres.

Il est un peu plus de vingt heures.

— Vous avez l'air satisfaite de vous.

— Assez !

— Racontez-moi.

— D'abord, j'ai eu du mal à trouver. Et puis je suis arrivée en pleine cérémonie.

— Une cérémonie ? Quel genre de cérémonie ?

— Une veillée funèbre.

— De qui ?

Elle ménage la surprise.

— De lui, justement.

— Quoi ?

— Roger Séko est mort, il y a deux jours.

— On ne nous a pas prévenus ?

— Il n'y avait pas de raison de le faire. Il est mort d'une crise cardiaque.

— Comment ça ?

— Arrêt du cœur ! Donc pas d'information judiciaire.

— Qui l'a examiné ?

— Un médecin des sapeurs-pompiers.

— Vous lui avez parlé ?

— Je suis allée le voir juste après ma visite chez Roger. Il m'a dit que le type était trop gros, qu'il devait bouffer de la merde, que ses artères se sont obstruées progressivement, que son cœur a cessé de fonctionner.

— Il n'a rien remarqué de particulier ?

— Non ! Surtout qu'il n'est pas légiste.

Je réfléchis une seconde.

— Il faut que je parle au juge pour obtenir une autopsie.

— Vous pensez que la mort n'est pas naturelle ?

— Je ne crois pas au hasard.

Je lui raconte l'histoire du disque.

Et je conclus.

— Il n'y a que lui qui savait.

— C'est vrai !

— Quoi d'autre ?

— J'ai appris que Roger était membre de l'Église kimbanguiste.

— Qu'est-ce que c'est que ça ?

— Une Église officielle et importante au Zaïre. D'ailleurs, la veillée funèbre était une veillée kimbanguiste. Avec des chants funèbres assez beaux.

— Vous êtes entrée sans difficulté ?

— Sans problème. J'ai dit que j'étais une voisine.

— La piste religieuse revient. Il faudrait en savoir un peu plus sur les kimbanguistes.

— C'est fait. Je suis allée à la bibliothèque juste après ma visite chez les pompiers.

— Qu'avez-vous appris ?

— En fait, on en parle dans plusieurs ouvrages généralistes sur les religions. Elle est classée dans la catégorie des mouvements messianiques et prophétiques.

— Voilà qui commence bien.

Elle sort une feuille de sa poche.

— J'ai pris quelques notes.

— Je vous écoute.

— L'Église kimbanguiste a été fondée en 1921 par un certain Simon Kimbanga. Il aurait été touché par la grâce de Dieu dans son village de Nkamba. Je crois que c'est au sud de Kinshasa. Il se prend pour un *gunza*.

— Un quoi ?

— Un *gunza*. C'est plus ou moins un prophète. En plus, il a des pouvoirs de guérison.

— Il faudrait que je le rencontre celui-là.

— Il est mort.

— Dommage !

— Vous êtes malade ?

— Un peu de fatigue. Rien de plus. Continuez !

— D'un point de vue religieux c'est assez proche du protestantisme. Du genre baptême par immersion, confession publique, chant religieux, mais on y ajoute un peu de culte des ancêtres.

— Ça passe mieux comme ça.

— Sans doute ! Rapidement le mouvement est devenu contestataire. Il rejetait les Blancs.

— On peut comprendre pourquoi.

— Et Simon Kimbanga est arrêté par les Belges. Il est même condamné à mort. Mais il ne sera pas exécuté. Et finira ses jours en prison. Il meurt d'une façon obscure. Et sa cellule est devenue un lieu de pèlerinage. C'est une sorte de martyr pour ses disciples.

— C'est assez proche de l'histoire de Christ, ça.

— Oui, assez ! Par la suite, un certain Simon Mpadi prendra le relais en fondant l'Église de Jésus-Christ sur terre par Simon Kimbanga. C'est cette EJCSK qui deviendra église officielle après l'indépendance grâce à l'appui de Mobutu, l'ancien dictateur du Zaïre.

— C'est ce qu'il a fait de moins pire, sans doute.

— Si j'ai bien compris, il semble que le messianisme soit d'abord une forme d'opposition à la colonisation blanche. On en trouve un peu partout. Après les indépendances, les mouvements messianiques ont continué à se développer. Et ils sont de plus en plus importants. Il paraît qu'on voit pas mal de nouveaux prophètes se promener à travers l'Afrique avec une douzaine de disciples. Comme le Christ.

— Rien d'autre ?

— Non ! J'ai fini.

— Beau travail ! Pour une fois qu'on recrute des flics qui vont dans les bibliothèques. Vous irez loin si vous décidez de rester parmi nous.

— J'y compte bien !

— Une dernière chose ! Avez-vous vu un lien avec l'*Église des Stigmates du Christ.*

— Non ! Je n'ai rien remarqué.

Sur une feuille de papier je note les quelques nouvelles informations.

Je me souviens que j'ai oublié d'appeler Kodjo. Mais il est tard. Et je suis fatigué.

Je glisse la feuille dans le dossier Tchumo.

Elle demande.

— On m'a dit que vous aviez trouvé les profanateurs du cimetière ?

— On a eu de la chance. Une bande de petits cons. Désœuvrés, mal-aimés, par leurs parents et la société. Et on a même retrouvé la petite.

— Une bonne journée en somme.

— Assez, d'un point de vue administratif.

Elle regarde attentivement mon bureau.

— C'est quoi l'autre dossier ?

J'hésite à répondre. J'ai envie de partir, de dormir, d'oublier tout ça.

— Ce n'est rien. Une vieille affaire.

— Une affaire en cours ?

— Plus ou moins. L'affaire Cousin, une enquête qu'on n'a pas encore bouclée.

— Pourquoi ?

— Parce qu'on n'a pas retrouvé l'assassin.

— Walter ne m'en a jamais parlé.

— À quoi bon ? On ne s'en occupe plus tellement. Elle remonte à presque deux ans. C'était un soir vers vingt-deux heures. Une jeune femme, Catherine Cousin, a été étranglée par un inconnu devant chez elle.

— Il n'y avait pas de témoin ?

— De l'auditif et très peu de visuel. Il faisait nuit. Il paraît que l'assassin riait en étranglant sa victime. On l'a surnommé *la hyène*. L'enquête a montré qu'on avait affaire à un homme de petite taille, chaussant du 40 environ, portant des cheveux sans doute blonds. On a aussi sa carte ADN. La victime avait des bouts de peau sous ses ongles. Vous en savez autant que moi, maintenant.

— Dans l'entourage ?

— Personne.

— Dans le quartier ?

— Personne.

— Alors vous ne l'aurez jamais, sauf s'il recommence.

— Il n'a pas recommencé. Mais c'était il y a deux ans.

— Je vois. Il faudrait une autre victime pour espérer retrouver *la hyène*.

— Je préfère qu'il n'y ait pas d'autre victime.

— Vous avez raison.

Elle ajoute, l'air de rien.

— Walter m'a dit que vous étiez né en Afrique.

— Il n'a pas menti. Mes parents m'ont fait naître là-bas.

— Qu'est-ce qu'ils faisaient ?

— Mon père avait une société d'import-export. Ma mère attendait que le temps passe.

— C'est pour ça que vous insistez pour connaître le responsable de l'assassinat de Tchumo ? Parce qu'il est africain ?

— Non ! C'est pour connaître la vérité. Simplement.

— Vous savez que rien n'est jamais si simple.

— Oui ! Vous avez de bonnes intuitions ! Gagnez de la méthode et vous deviendrez un bon officier de police judiciaire.

Elle me remercie avant de m'abandonner.

De profundis

Père était un dieu adoré, servi par toute sa tribu.

Nous étions nombreux. Ses femmes, ses enfants. À Bukavu, il était l'un des puissants.

Non pas par sa richesse, mais par sa force morale. Il avait survécu à tous les soubresauts de l'histoire.

Je ne sais pas comment il faisait. Même en temps de misère il y avait toujours de quoi vivre et bien vivre à la maison.

Et les périodes de misère étaient nombreuses.

Père, malgré son obsession du salut éternel, son retranchement dans la méditation divine, avait toujours été en avance sur son temps.

En Afrique, être en avance signifie trop souvent avoir une chose que seuls les Blancs possèdent.

Son meilleur coup fut l'histoire des ordinateurs. Sans que je sache comment, il a réussi a obtenir tout un chargement de surplus informatiques venus d'Asie. Des milliers de pièces détachés et du matériel de base en grande quantité.

Il ne pouvait les faire venir par l'Ouest. Il leur a fait traverser tout l'est de l'Afrique, en camion, par Dar-es-Salam et Kigali. Une expédition qui lui a coûté une *fortune. Les dollars pleuvaient sur les petits Seigneurs et les transporteurs. Mais les camions sont arrivés. Et il s'est lancé dans les affaires. Il faisait remonter les ordinateurs comme d'autres remontent les voitures et les revendait à travers le pays. Avec un technicien vietnamien et une partie de ses enfants.*

Après il s'est mis en relation avec des fournisseurs blancs pour développer son affaire.

C'est un exemple. Les facettes de Père sont multiples. Des heures ne suffiraient pas à tout raconter.

10

L'entrée d'un immeuble vieilli par le temps et l'entre-
tien défaillant. Le foyer *Sonacotra* de Marne-la-Vallée.
En espérant que le planton du commissariat ait tout
compris à l'info de Kodjo. Son nom, Ngoti, est inscrit sur
un panneau. Au troisième. L'ascenseur est hors service.
Je prends l'escalier. Mon corps m'accompagne avec difficulté. Je frappe. Rien. Je frappe à nouveau, plus fort.
On ouvre la porte. La sécurité est mise. Dans l'entre-
bâillement, je vois un visage. Lui, sans doute.

— Monsieur Ngoti ?

Une voix lente, très lente.

— Oui !

— J'ai besoin de vous parler.

— Moi ?

— Oui ! C'est important.

— Je ne sais pas ! Je suis malade. J'ai rien à dire.

— Écoutez ! Ou bien vous m'ouvrez maintenant, ou
bien je fais venir un juge pour vous forcer à ouvrir.

Les mots produisent l'effet voulu.

— Il faut pas vous énerver, monsieur.

— Je ne m'énerve pas.

Il ouvre entièrement la porte. Il me fait entrer. Le studio pue. Des tas de cartons remplis de déchets jonchent le sol.

— Il faudrait songer à faire le ménage par ici !

— Je n'ai pas le temps, monsieur, je suis malade.

Description. Il est petit, maigre, et doit avoir un peu plus de 50 ans.

Un détail. Son bras droit est soutenu par une écharpe.

— Que vous est-il arrivé ?

— Un accident du travail. Dans l'usine.

— Désolé !

Il s'inquiète.

— Que voulez-vous ?

Je prends un air autoritaire.

— Je suis venu pour entendre parler des *Stigmates du Christ*.

Ses yeux sont largement ouverts, comme surpris par la question.

— De quoi parlez-vous, monsieur ?

— Vous n'allez pas recommencer ! Je sais très bien que vous êtes membre de cette secte.

— Mais non, monsieur ! On vous aura menti !

— Dans ce cas, je vais être obligé d'employer les grands moyens.

Je sors ma carte de police pour l'impressionner.

— Commandant Mangin ! Je vais procéder à une vérification complète de votre identité, je vais procéder à une fouille de l'appartement, je vais vous convoquer au commissariat.

Un peu minable comme procédé, mais je veux faire vite.

Il répond.

— Il ne faut pas vous énerver, monsieur. J'ai peut-être déjà entendu parler des *Stigmates du Sauveur*. C'est un groupe religieux sans histoire, sans problème.

— Je n'en doute pas. Racontez-moi ce que vous savez dessus.

— Pas grand-chose, monsieur. J'ai entendu dire qu'ils préparaient la fin du monde. Il faut être prêt, monsieur, pour la fin du monde. Car le jour où ça arrivera, ceux qui ne seront pas prêts iront en Enfer.

— C'est sûr ! Qui dirige cette secte ?

— Je ne sais pas, monsieur. Mais je sais que la fin du monde est pour bientôt.

— D'où vient l'argent ?

— L'argent ? Je ne sais pas, monsieur. Mais nous n'aurons plus besoin d'argent, le jour de la fin du monde.

D'autres détails. Ses yeux rougis, ses mains tremblantes. Ce gars, en plus d'être illuminé, doit ingurgiter des litres de gnole. Pas grand-chose à en tirer.

Je tente d'avoir quelques précisions.

— De quel pays venez-vous ?

— Je viens du Congo.

— Lequel ?

— Le Congo-Brazzaville. J'ai tous les papiers qu'il faut.

— Connaissez-vous madame Ougabi ?

Ses yeux se baissent légèrement. Je comprends que oui. Il nie cependant.

— J'ai jamais entendu parler de cette dame, monsieur.

— Est-elle venue récemment en France ?

— Non, monsieur !

— Vous ne la connaissez pas mais vous savez qu'elle n'est pas venue en France.

— J'avais mal compris.

— Bien sûr !

Ça a l'air confus dans sa tête. De toute façon, la piste Ougabi, je n'y crois pas trop.

— Vous êtes combien chez les *Stigmates du Christ* ?

— Je ne sais pas, monsieur.

— Vous vous voyez souvent ?

— Je ne sais pas, monsieur.

J'abandonne.

— Parfait ! Je vous laisse. Vous pouvez retourner vous reposer.

— Merci, monsieur !

Je quitte l'appartement sans rien ajouter.

*

Midi va se pointer. Je discute avec Krief devant la machine à café.

Chapot arrive presque en courant.

— Je vous cherchais !

— Qu'est-ce qu'il se passe ?

— On a un problème ! On a un nouveau mort !

— Un accident ?

— Non ! Un meurtre !

— Deux meurtres en quinze jours. On fait fort.

— D'autant que c'est encore un Africain. Un certain Kodjo Houanna.

Une claque.

Krief devient pâle.

Moi aussi.

— Nom de Dieu ! C'est pas vrai !

Chapot confirme. Il ne comprend pas notre réaction.

Je lui donne quelques explications.

— On le connaît. Il bosse à la MJC. Il nous a donné une ou deux infos récemment. Comment c'est arrivé ?

— Les pompiers ont été appelés ce matin. Il s'est pris un ou plusieurs coups d'une quelconque arme blanche.

— Comme notre Zaïrois ?

— C'est possible.

Je suis sous le choc. J'ai du mal à rassembler mes idées. Le visage de Kodjo, ses gestes, ses mots, me reviennent à la gueule. Comme un uppercut.

Je hurle pour évacuer.

— Putain de merde !

Chapot est encore étonné.

— Qu'est-ce qu'il y a ?

— Il a téléphoné hier. Il avait quelque chose à me dire à propos du Zaïre. J'ai pas eu le temps de le rappeler, et il se fait descendre ce matin.

— T'as raison de gueuler. En tout cas le patron vous envoie sur place.

— Je crois que cette histoire de secte est plus compliquée qu'elle en a l'air. Madame Ougabi a peut-être le bras plus long qu'on ne croit. Ou alors on nous prend pour des cons. Il faut que j'appelle Papy.

Krief descend au sous-sol pour sortir une voiture.

Je monte dans mon bureau pour téléphoner.

Une seule sonnerie.

— Oui !

— Salut ! C'est moi ! Faut que tu me trouves les fonctions de deux types de la DST. Dufour et Lambert. Ils s'occupent peut-être des pays de l'Est ou de l'espionnage industriel.

— Et je parie qu'il te faut ça rapidement.

— T'as gagné une bière.

— Je fais au mieux.

Je raccroche.

Je regarde le mur blanc. Un doute m'assaille. En réfléchissant bien, en oubliant un instant tous mes problèmes, en me concentrant sur l'affaire, je me demande si je ne suis pas indirectement responsable de certaines choses.

Une rencontre avec Kitsu en Belgique, il disparaît. Une rencontre avec le gros Roger, il meurt. Une rencontre avec Kodjo, on le tue. Beaucoup trop pour un seul homme. J'en arrive à la conclusion que je porte malheur. Ou qu'on élimine les pistes une à une derrière moi.

Je suis à deux doigts d'aller boire un verre et de rentrer chez moi écouter une *cantate* de Bach. Mais ça aurait été trop facile.

Alors je regarde le plafond, la tête penchée, en espérant y voir quelque chose. Le sourire sardonique d'un dieu quelconque qui se foutrait de ma gueule.

Rien ne vient. Sauf peut-être des ombres qui avancent masquées.

J'entends le coup de klaxon de Krief.

*

Les employés de la MJC sont sous le choc.

Ils ont fermé la boutique.

Krief aussi est troublé. C'est à la MJC qu'il répète *Le Cid*.

La secrétaire, une petite rousse, n'en finit plus de se vider de larmes dès qu'on évoque Kodjo Houanna.

— Vous dites que personne d'autre ne vient avant vous.

Elle, reniflant.

— Personne, sauf Kodjo qui arrive le matin vers huit heures et deux jours par semaine la femme de ménage qui vient vers sept heures.

— Si quelqu'un frappe ou sonne vers huit heures, peut-on imaginer que monsieur Houanna ira lui ouvrir ?

Elle, reniflant toujours.

— Oui. Je le pense.

— A-t-il eu des problèmes avec certaines personnes ces derniers temps ?

— Non ! Pas que je sache.

Elle, en usant un mouchoir en papier pour se sécher les yeux.

— Kodjo, c'était quelqu'un de bien.

— Je n'en doute pas.

Avant de partir je jette un dernier coup d'œil au bureau de Kodjo. Il est en ordre, comme la fois où je suis venu. Sauf la tache de sang sur le sol. Les gars de l'identité judiciaire ont fini leur boulot. Ils n'ont rien à signaler de particulier pour le moment. Le corps a été emporté à la morgue départementale et attend dans un frigo qu'on s'occupe de lui.

*

J'ai déjà essayé au moins vingt fois de parler à Tharcisse, le conteur.

Enfin une réponse.

— C'est Mangin, le flic de Marne-la-Vallée.

— Que puis-je pour vous ?

183

— Kodjo, le type de la MJC, vous le connaissez depuis longtemps ?

— Quelques années, pourquoi ?

— Que pouvez-vous me dire sur lui ?

— Je ne sais pas ! Que voulez-vous savoir ?

— Tout, ou presque. Il vient de se faire tuer !

Court silence.

— Non ! C'est pas possible...

— Je vous assure !

— C'est pas possible... Assassiné vous dites ?

— J'ai dit tué.

— Pauvre garçon ! Il y a peut-être cinq ou six ans que je le connais. J'ai déjà fait plusieurs interventions à la MJC de Marne-la-Vallée. C'était un type bien.

— Sauf qu'on l'a tué.

Il hésite.

— Monsieur le Commandant, si vous m'appelez c'est que vous pensez qu'il y a un lien avec le premier meurtre.

— J'en suis sûr. Que savez-vous de lui ?

— Kodjo Houanna est originaire du Dahomey, ou du Bénin si vous préférez. Si j'ai bien écouté son histoire, l'arrière-grand-père était déjà français. Le grand-père a servi la bannière tricolore, sous diverses formes. Le père de Kodjo n'a jamais connu l'Afrique de près. Il a passé son existence dans un bureau du Ministère de la Coopération. Un travail de gratte-papier banal. Un modèle d'intégration. L'été, il emmenait sa petite famille du côté de Bayonne ou de Montpellier. Kodjo est son fils unique. J'ai crû comprendre qu'il avait fait pas mal d'études en Sorbonne mais qu'il avait tout envoyé valdinguer. Il a découvert sur le tard la misère africaine et le statut du travailleur immigré. Je sais de quoi je parle, tous les six mois je me fais humilier à la préfecture de la Seine-et-Marne pour retirer le récépissé rouge qui me tient lieu de carte de séjour. Il a choisi le social. Animateur. Il voulait transmettre son expérience et ses compétences aux enfants des HLM toutes races et toutes religions confondues. Kodjo Houanna était un brave type.

— Et sur la question politique ?

— Ce n'était pas un extrémiste. Il luttait avec ses moyens. Le dialogue, l'échange.

— Et ses liens avec l'Afrique ?

— Aucun sauf sa couleur de peau. Mais je peux me tromper... Franchement, Commandant, je ne vois pas qui aurait pu vouloir du mal à ce garçon.

— Moi non plus... Pour le moment !

*

Krief entre, accompagné d'une jeune femme.

— Je te présente Isabelle Favre.

La jeune femme, blonde, longue, fine, affichant un petit sourire charmant et une trentaine d'années.

— Et alors ?

— Mademoiselle Favre veut nous parler d'Étienne Tchumo.

Je fais rapidement le lien. Isabelle. La carte postale de Menton. J'attrape la feuille où j'ai résumé l'affaire. Le nom d'Isabelle est suivi d'un point d'interrogation, et jusqu'à présent je n'avais eu aucun espoir de le retirer.

— Très bien !

Je lui offre un siège. Krief reste debout.

Je demande

— Vous le connaissiez bien ?

— Assez !

— Vous étiez intimes ?

— Nous l'avons été. Sans que ce soit un truc régulier.

— Pourquoi êtes-vous venue ?

— En mémoire d'Étienne. C'était un type bien !

— Un type bien ? Je ne sais pas ce qui se passe en ce moment, mais je ne fréquente que des types bien qui se font tuer. Bon ! Je vous écoute.

— C'est en me souvenant d'Étienne que je me suis rappelé deux ou trois choses, et une dispute.

— Une dispute ?

— Oui ! Au téléphone. C'était il y a quelques mois...

— Combien ?

— Six ou sept, je pense...

— Continuez !

— Je n'ai pas tout entendu, mais je me souviens qu'Étienne parlait d'une voix forte de trahison et de mort.

— Et vous n'avez pas idée de l'interlocuteur.

— Non ! Sur le coup, il m'a rassurée. Et j'ai oublié.

— Pensez-vous qu'il ait été mêlé à quelque chose de secret, d'interdit, de dangereux ?

— Je ne saurais dire. Il ne parlait pas beaucoup de lui. Je peux vous dire quand même qu'il était assez désespéré de s'être retrouvé en France. Il n'avait qu'une seule envie, retourner chez lui. Je crois que c'est pour oublier sa situation qu'il buvait, qu'il faisait la fête. J'espère que vous allez retrouver celui qui a fait ça. Étienne ne méritait pas de finir ainsi.

Je lui demande quelques autres détails sur Étienne. Elle confirme pour l'agenda, pour l'absence de travail, pour l'argent qu'il dépensait. Il lui a dit que cela provenait d'Afrique.

186

Je note tout ça sur une feuille de papier. Méthode, ordre.

Je la remercie.

Krief la raccompagne.

J'ai maintenant d'autres doutes.

L'histoire de la DST me satisfait de moins en moins.

— Étienne Tchumo ! Qui es-tu ?

Je ferme les yeux.

D'un coup, une surdose de fatigue me gagne, m'enveloppe. Je tente de résister. J'avale un fond de café froid. Rien n'y fait.

Mon sang pourri me pompe toute mon énergie.

Je pourrais me donner des paires de claques pour me faire réagir.

Je sens monter la fièvre.

J'attrape une plaquette de pilules orange. J'en avale quatre d'un coup.

Je fais pitié à voir. Mais personne ne me voit.

*

À vomir.

Trois heures du matin, les yeux brûlants, presque en sang. Je repose le bouquin. La France et l'Afrique sous la Ve République. Un peu l'histoire du maquereau et de sa putain. La France maquerelle pompant le maximum de sa gagneuse en usant des moyens les plus pourris pour la maintenir dans son pré carré, sur son trottoir. En ne lui laissant que les miettes.

Tout ça pour du pognon, beaucoup de pognon, et un peu d'influence.

Partout où on a pu, on a maintenu les dictateurs les plus corrompus, les plus malades, les plus fidèles, et on a renversé ceux qui tentaient de s'émanciper.

Le Zaïre, c'est le bouquet. Et pas que pour les paras de Kolwezi.

Le maintien de Mobutu dans les années 90, ça vaut son pesant de vomissure, sans que ça n'éclabousse vraiment nos dirigeants.

Il était bien mal en point le vieux salaud à la toque en léopard. Il a bien fallu le soutenir quand on a tenté de le déstabiliser. Avec tout le pognon qu'il a piqué à son peuple, on parle en milliards de dollars, il a arrosé tellement de ministres, de présidents, de multinationales, il a reçu tellement de monde, putes et coke incluses, dans sa résidence-capitale de *Gbadolite*, qu'il aurait pu faire sauter dix fois la République Française.

Le Zaïre de l'époque, c'était le paradis des blanchisseurs de narcodollars. Les types débarquaient avec des valises pleines de pognon, achetaient en espèce des diamants qu'ils revendaient discrètement en Afrique du Sud, à Anvers ou à New York. Le tour était joué. Pas étonnant qu'il y ait eu de fortes pressions pour soutenir Mobutu.

On en a trouvé du monde pour l'aider à lutter contre l'alliance de Kabila. La France a levé le ban et l'arrière-ban. De tout, du n'importe quoi. Du Zaïrois fidèle, du génocidaire rwandais, du fondamentaliste religieux soudanais, du fanatique chrétien, du milicien serbe, du gros bras du *Front National*, du mercenaire désœuvré.

Tout ça pour que Mobutu se prenne une raclée par Kabila. Et que le vieux maréchal vienne se réfugier au

Maroc après que sa famille, ses centaines de cousins, d'amis, de conseillers, l'ont dépouillé de ses milliards.

Et si on ajoute les guerres internes entre services, DST, DGSE, Renseignement Militaire, la France a été plus que lamentable dans cette affaire.

Je me lève, juste porté par des jambes flasques et trois pensées désespérées. Si mon affaire est liée à tout ça, je ne suis pas près de trouver le ou les responsables de la mort d'Étienne, de Kodjo, et sans doute de Roger et des deux résidents belges. Du coup, j'en suis à espérer que les deux types de la DST m'aident un peu. Tout va mal.

Dans la chambre, Sonya dort paisiblement. Je m'allonge près d'elle sans me déshabiller. Le cœur prêt à rendre ce qu'il me reste d'illusion.

Rabat (Maroc), 7 septembre 1997, 22 h 36 (Agence de presse) — Mort de Mobutu Sese Seko

C'est finalement la maladie, et non pas ses ennemis, qui aura eu raison du dictateur zaïrois décédé ce matin à l'hôpital de Rabat.

L'ancien maître absolu d'un immense pays s'en est allé dans un presque anonymat.

L'ancien journaliste, Joseph Désiré Mobutu ou Mobutu Sese Seko, devenu commandant en chef de l'armée au moment de l'indépendance, parviendra au pouvoir avec l'aide des Occidentaux en novembre 1965 pour ne le lâcher que trente ans plus tard au terme d'un règne où les caisses de l'État et les siennes ne faisaient qu'un.

C'est lui qui livrera Lumumba à Tschombé, c'est lui qui fera jeter ses opposants du haut des hélicoptères dans le fleuve, c'est lui encore qui recevra tout ce que l'Occident compte de puissants, les Français en tête, autour de sa piscine et dans son palais royal de Gbadolite.

Il était né en 1930 à Lisala, dans le nord du pays, celui qui allait devenir par sa seule volonté maréchal-président de ce qui n'était pas encore le Zaïre.

Il aura cependant réussi pendant quelque temps à maintenir une unité dans un pays trop vaste où le sécessionnisme était la règle principale.

C'est lui également qui imposera le changement de nom à la république du Congo, qui deviendra celle du Zaïre, tout en donnant à son pays un certain poids international.

C'est lui enfin qui entretiendra une famille composée de plusieurs centaines de membres qui n'ont pas attendu sa mort pour se partager son héritage et sa fortune que l'on a estimée quelquefois à plusieurs milliards de dollars.

Il s'était maintenu au pouvoir grâce à la complicité de la CIA et de la France. Deux raisons à cela, le sous-sol encore très riche à exploiter et le rempart contre le communisme que se promettait d'être Mobutu. Qu'importe si pour cela la démocratie sera muselée pendant plusieurs décennies et si le népotisme, le clientélisme, la corruption, la torture, l'assassinat politique firent fonction de système politique.

Il tentera dans les dernières années de son règne quelques réformes constitutionnelles et démocratiques mais rongé par un cancer, l'homme à la toque en léopard se verra contraint par l'avancée rapide de l'opposition dirigée par Laurent-Désiré Kabila, de quitter le Zaïre pour trouver refuge au Maroc en 1997.

G. L.

11

— Qu'a dit le substitut ?

— Si on trouve un lien on prend l'affaire, si on en trouve pas on la prend quand même.

— Comme ça c'est clair.

Krief conduit. La stagiaire est à l'arrière. Il faut savoir tenir son rang.

À la morgue départementale de Meaux, le légiste, Galland, nous fait patienter. Il a un suicidé en cours d'étude. Un poivrot qui en avait sans doute marre du mauvais vin et qui s'est pendu. Dommage que Bossuet ne soit plus là pour lui faire une belle oraison funèbre.

On traîne une heure dans un petit café presque désert. On fait le point à l'aide de ma feuille de notes.

— Qu'est-ce qu'il pouvait vouloir te dire, Kodjo, sur le Zaïre ?

— Je ne sais pas. Ce devait être assez sérieux, assez important, pour qu'on l'élimine.

— Tu crois que c'est lié à l'affaire Tchumo ? C'est peut-être un simple rôdeur ?

— Rien n'a été volé à la MJC. Et je ne crois toujours pas aux coïncidences. Avec lui, on avait surtout parlé d'Étienne et de sa mère.

— Il s'est peut-être souvenu de quelque chose ?

— Dans ce cas, qui d'autre aurait été au courant ? Non ! Il a dû parler à quelqu'un ou rencontrer quelqu'un. C'est peut-être l'illuminé du foyer *Sonacotra*. Tu iras lui faire une seconde visite.

Krief acquiesce.

On se répartit les tâches pour plus tard en avalant chacun plusieurs cafés.

Enfin on retourne à la morgue.

Le légiste arrive avec un bloc-notes à la main.

— Décidément, je vais me spécialiser dans l'Africain. Le deuxième en quelques jours. Et dans votre secteur.

— On choisit pas.

— Sans doute. Quoique j'aie une théorie là-dessus…

— Galland ! On est un peu pressés.

Le légiste devient sec.

— Je vois ! J'ai procédé aux examens post-mortem de monsieur Kodjo Houanna qui nous a quittés pour un monde sans doute meilleur hier matin entre huit et neuf heures. Je peux vous dire qu'il venait juste de mourir quand on l'a trouvé.

— Comment ça ?

— Je suis arrivé vers dix heures trente et j'estime la mort à plus ou moins deux heures avant. Soit environ huit heures trente. Le sang sur le sol était à peine sec. Les membres étaient loin d'être figés, le corps était encore tiède.

— La cause de la mort ?

— Sans doute comme l'autre. Une machette. Une petite différence. Il n'a reçu que deux coups à la gorge. Il s'est vidé rapidement de son sang.

— Il n'a pas cherché à se défendre.

— Rien ne l'indique.

— Deux solutions. Soit il connaissait son agresseur, soit il a été pris par surprise.

La stagiaire propose.

— Soit il ne pouvait pas se défendre. Peut-être qu'il n'y avait pas un mais plusieurs agresseurs. Celui qui frappait et ceux qui le retenaient.

— C'est une possibilité.

Je demande au légiste.

— Des traces indiquant une lutte quelconque ?

— Rien de cet ordre. Pas de rougeurs, pas d'ecchymoses. Mais il portait une veste épaisse. Elle a peut-être fortement diminué les possibilités de traces, dans le sens de votre hypothèse.

— Quoi d'autre ?

— Pas de narcotiques, pas d'alcool, pas de blessures secondaires, pas d'anomalies. Vous aurez l'ensemble de mes conclusions demain matin.

— Parfait !

On quitte la morgue.

Je regrette d'avoir fait la route pour ça. Un coup de téléphone aurait suffi.

Krief demande.

— Qu'est-ce qu'on va dire à la presse ?

— Qu'il n'y a pas de lien.

— On ment ?

— Non ! Kodjo était français d'origine béninoise, Étienne était zaïrois. L'un a reçu une dizaine de coups, l'autre seulement deux. Il n'y a pas de lien.

— Tu joues avec les faits. Ils sont africains tous les deux, ils ont été tués par une machette, et ça s'est passé dans la même ville.

Je réplique.

— C'est juste pour la presse et l'opinion publique. Ceci dit, j'en connais un autre qui a été tué avec une arme tranchante à la gorge. C'est Sangimana, le Zaïrois de Bruxelles. Cependant, j'attends qu'on me la montre cette machette. Parce que la peau qui se déchire sous l'avancée de la lame, j'aimerais bien savoir comment il a pu voir ça sur le cou de Kodjo, le légiste. Je suis à deux doigts de penser que son interprétation est orientée. Africain. Jungle. Machette. Si tu vois ce que je veux dire ! Bon ! Maintenant au moins, on va pouvoir faire chier le patron. Il ne pourra pas nous empêcher d'enquêter sur cette deuxième affaire.

*

— Je suis désolé.

Madame Houanna, grande femme, plutôt fine, me remercie avec toute la dignité qu'elle est capable d'avoir.

Je veux faire un effort pour ajouter quelque chose de juste, de sincère. Rien ne vient. Alors, à nouveau, je ressers mes pauvres condoléances réchauffées, ces fragments de politesse formatés pour la circonstance.

Elle fait semblant de me remercier encore une fois.

J'ajoute.

— J'ai quelques questions à vous poser.

Nous entrons dans l'appartement.

Un gamin, trois ou quatre ans, me dévisage.

Sur le mur, il y a une grande photo de leur mariage.

Elle explique.

— C'était il y a cinq ans. On avait fait venir mes parents de La Réunion.

— Vous venez de là-bas ?

— Oui !

Du silence à la louche, bien lourd à supporter.

Elle ajoute, pour me sauver.

— On s'est rencontrés chez des amis à Paris. On s'est aimés. On s'est mariés.

Sur la photo, une trentaine de personnes sur le perron d'une église.

— Votre mari était-il croyant ?

— Pas vraiment ! L'église, c'était pour mes parents.

— Il ne vous a jamais parlé de sectes ou d'Églises africaines.

— Il a pu m'en parler au cours de conversations. Sa grande théorie, c'était la libération de l'homme. Et pour cela, il fallait lui ôter toutes formes de servitude. La religion en était une. Si vous voulez le savoir, je peux vous dire que mon mari n'avait pas d'activités ni dangereuses, ni illégales, qu'il travaillait beaucoup, et qu'il aimait son prochain.

— Était-il en contact avec des associations africaines ?

— Non ! Sauf les associations culturelles liées à la MJC.

— De quel genre ?

— Folklore, danse ou alphabétisation.

Le gamin est toujours à m'ausculter de ses grands yeux.

Je poursuis.

— Il a tenté de me téléphoner un peu avant sa mort.

— Vous le connaissiez ?

— Je ne l'avais rencontré qu'une seule fois. Vous avait-il parlé d'une histoire avec des Zaïrois ?

— Non ! Pas particulièrement.

— Je peux jeter un coup d'œil dans ses affaires ?

— Vous croyez que c'est utile ?

— On ne sait jamais.

Elle me conduit dans la chambre où se trouve un petit bureau. Je parcours rapidement le courrier et les factures. Rien qui ne semble lié à sa mort, rien qui n'éveille en moi la moindre réflexion. De toute façon, il faudra revenir pour étudier ça plus en détail.

Elle reste derrière moi, muette. Sa présence me gêne.

Dans la poubelle je ne trouve rien non plus.

Je préfère partir avant d'étouffer.

— Bien ! Je vais vous laisser tranquille.

— Vous savez, je crains d'être un peu trop tranquille maintenant.

*

Krief me quitte après m'avoir annoncé que le type du foyer *Sonacotra* connaissait effectivement Kodjo mais que jamais il ne lui a parlé ces derniers jours et que jamais il ne lui aurait fait de mal.

On peut le croire mais il faudra quand même le convoquer au plus vite.

Je fais le point, la tête dans les mains. Rien de sérieux ne vient. Il y a quelque chose qui m'échappe.

Un homme jeune, portant fièrement des petites lunettes et une cravate monstrueuse, surgit sans s'annoncer dans mon bureau.

— Commandant Mangin ?

— Oui !

— Je suis le juge d'instruction Baroin. Nous n'avons pas encore eu l'occasion de nous rencontrer.

Je pense.

— Il va encore me faire chier celui-là.

Je fais.

— Enchanté ! Asseyez-vous. Vous tombez bien, j'allais vous appeler.

— À quel propos ?

— J'ai besoin d'une ordonnance d'exhumation pour un certain Roger Séko.

— Pour quelle raison ?

— Il vient de mourir d'une crise cardiaque. Or, il est lié à l'affaire Tchumo. Je pense que sa mort est suspecte.

— Comment ça ?

— Subjectivement, je dirai que je ne crois pas au hasard. Objectivement, il a eu des contacts téléphoniques avec la victime et il avait une attitude étrange, peu avant sa mort.

— Bien ! Je prépare ça.

— Parfait !

Le juge Baroin demande.

—Vous ne trouvez pas que cette histoire est compliquée ?

— Un peu. Surtout si les journaux évoquent encore les meurtres rituels chez les Africains.

— J'ai été piégé par le journaliste.

— Mentir à la presse, ça ne s'apprend pas à l'école de la Magistrature ?

— Je ferai mieux avec Kodjo Houanna.

— Sans doute !

Il sort de sa poche une petite fiche en carton. Il la parcourt rapidement.

— Avez-vous entendu parler d'un certain Fred Watrin ?

— Non ! Ça ne me dit rien.

— C'est un homme d'une cinquantaine d'années. Les cheveux gris.

— Non ! Je ne vois pas.

— On vient de le retrouver mort dans la forêt de Rambouillet. Il était enfermé dans le coffre de sa voiture, trois balles dans le corps.

— Pourquoi me racontez-vous ça ?

— D'abord, parce qu'il était belge, ensuite parce qu'il avait dans la boîte à gants un bout de papier où se trouvaient griffonnés deux numéros de téléphone.

— Et donc ?

— Le premier correspond à une société monégasque d'import-export. Le second se trouve à Marne-la-Vallée. Il s'agit de celui d'Étienne Tchumo.

— Quoi ?

— C'est la vérité. Un collègue des Yvelines m'a téléphoné.

Je respire profondément.

— Qu'est-ce qu'on sait sur lui ?

— Pas grand-chose encore.

— À quand remonte le décès ?

— Je ne sais pas trop. C'est assez récent. On attend la décision du parquet pour savoir si on regroupe les deux affaires. Bon, je vous laisse. Il faut que je passe voir votre commissaire.

Il me salue avant de disparaître.

Je me dis.

— Merde ! Qu'est-ce qu'il vient foutre dans cette histoire, ce Belge.

Pour le savoir, je n'ai qu'une seule solution.

Je compose le numéro de De Witte, à Bruxelles.

Deux sonneries.

— C'est Mangin ! Vous allez bien, inspecteur ?

— Je vieillis un peu plus chaque jour. J'ai pas de quoi m'en réjouir. Que puis-je pour vous ?

— J'ai un de vos compatriotes sur les bras.

— Qu'est-ce qu'il a fait ?

— Il est mort.

— Je vois ! Et vous voulez en savoir un peu plus sur lui.

— Exact !

— Son nom ?

— Fred Watrin. Cinquante ans environ.

— Son activité ?

— Trafics en tout genre, je suppose. Probablement avec l'Afrique.

— Je cherche pour vous.

— Merci ! Au fait ! Pas de nouvelles de Kitsu ?

— Non !

— Vous savez, l'autre contact, celui d'*Africasound-system*, il est mort.

— Une mort naturelle ?

— Plus ou moins.

— Comment ça ?

— C'est une crise cardiaque, mais je trouve qu'elle tombe bien étrangement.

— Je comprends. Ça nous ferait quatre Zaïrois morts ! C'est une hécatombe. Comme si le pays en avait besoin.

— Elle tient toujours votre hypothèse politique ?

— Je ne sais plus trop. Il s'agit peut-être d'une élimination systématique.

— Pourtant, ce n'étaient pas vraiment des militants, ni très actifs, ni très dangereux.

— Il doit y avoir quelque chose d'autre.

— La piste sectaire, ça vous paraît possible ?

— Une secte ? Non ! J'y crois pas trop ! Votre Fred Watrin, il a un lien avec tout ça ?

— C'est vous qui allez me le dire. Mais c'est possible.

Fin de l'appel.

Sur une nouvelle feuille de papier je note le nom de Fred Watrin dessus. Et je l'ajoute sur mon schéma de synthèse. Tout seul dans un coin avec un double point d'interrogation et une flèche en direction d'Étienne Tchumo.

Alors d'étranges picotements s'attaquent à mes bras, à mon corps. Comme un avertissement.

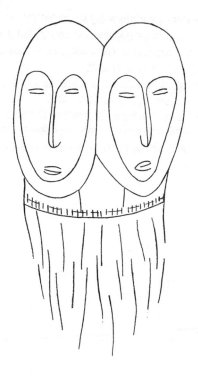

Masque à double figure de l'ethnie LEGA

L'effet produit par le masque porté, quand les yeux apparaissent, quand la voix résonne, quand le mouvement accompagne, peut être redoutable.

La plus grande des forfaitures consiste à tenter d'arracher le masque. Car alors une terrible malédiction s'abat sur le criminel, sur sa famille, sur son village.

L'aveuglement le prend, la folie le gagne. Il se mettra à courir sans répit à travers la terre.

Car l'homme démasqué, honteux de sa nudité, en appellera aux esprits.

Et les esprits viendront s'abattre telles les sauterelles sur la terre.

On entend parfois le chant d'apaisement en réponse à l'acte tabou. Les hommes, les femmes, réunis pour l'occasion, pleurent, invoquent, supplient, pour que le malheur s'éloigne de la terre.

La réponse des esprits est toujours la même. Le sacrifice.

Et le sacrilège est souvent puni sur l'autel car les esprits ont soif.

C'est pourquoi l'homme masqué est rarement démasqué. Car le masque protège celui qui oublie son propre visage pour devenir un autre. Il accompagne aux limites de la vie, du corps, pour mettre face à face, les hommes, les esprits et les dieux.

12

L'alarme a sonné.

Krief est déjà là, suivi comme son ombre par la stagiaire.

J'ordonne.

— On fonce.

On court jusqu'à la voiture. On traverse la ville, gyrophare au vent.

Sur place une foule compacte signale le lieu du drame. Je hurle.

— Reculez ! Dégagez.

La police municipale de Marne-la-Vallée est déjà présente.

Ripolini, leur chef adjoint, me fait un signe.

Il fait trois pas vers moi, l'air accablé.

— C'est pas beau à voir.

Un fourgon arrive. Les collègues de la Sûreté Urbaine en sortent, se déploient, font reculer les gens que le sang attire.

Sur le bitume gît un corps de femme. À côté se trouve un gosse de dix ans. Pas un geste, pas un mouvement. Il est prostré et ne veut pas lâcher la main de sa mère. De ce qu'il reste de sa mère. C'est plutôt moche. Deux balles de gros calibre, une dans le thorax, une autre en pleine tête, ne lui ont donné aucune chance. Tout le haut du crâne est arraché. La cervelle s'est détachée et presque entière traîne à deux mètres de là.

Je m'approche du gamin. Le forcer à se séparer de sa mère. Lui détourner les yeux de la scène en lui caressant les cheveux. Il mettra bien longtemps à s'en remettre.

Les pompiers arrivent. Leur médecin s'approche. Je lui confie le gosse.

Krief et la stagiaire font le tour des témoins.

Ils me racontent. Une voiture sombre, un fusil, deux coups de feu, la voiture qui redémarre, un homme à l'intérieur.

Pas grand-chose d'autre.

La stagiaire, au bord de la nausée, fait d'une voix mal assurée.

— Quelle horreur !

J'explique.

— Même si les crimes de sang sont assez nombreux en France, cette année, Marne-la-Vallée est particulièrement gâtée.

— Je vois.

Je m'inquiète pour elle.

— Ça va aller ?

— Oui ! Il n'y a pas de raison.

— Un conseil ! Si la nuit, le fantôme de cette femme, avec sa tête en loque, vient vous rendre visite.

— Oui !

— Dites-lui d'aller se faire foutre.

Elle me jette un vrai sourire.

— Je comprends.

206

Je fouille rapidement le sac de la gisante. Je trouve ses papiers. Barbara Piquier, née Flandrin. 39 ans.

Je note l'adresse. La stagiaire vient avec moi. Krief reste seul pour se débrouiller avec les autres témoins et prévenir le procureur.

*

Un petit pavillon, un peu comme le mien.

Une voiture sombre, mal garée, juste devant. Comme par précipitation. La barrière est entrouverte.

Un signe à la stagiaire. On sort nos armes de service. Moi, qui ne m'en suis jamais servi en vingt ans de boutique.

Lentement on traverse le jardin mal entretenu.

Je suis prêt à frapper à la porte. Mais je pense à elle. Je l'imagine recevoir un coup de gros calibre attrapé au vol. Moi, c'est moins grave. Elle, c'est différent. C'est pas un jour pour déconner.

Alors je demande des renforts.

Dix minutes plus tard un bataillon débarque.

Ils encerclent la position. La rue est maintenant bloquée. Gilets pare-balles pour tout le monde.

Je m'approche et je frappe.

Une voix d'homme gronde.

— Foutez le camp. Partez d'ici ou je me tire une balle dans la tête.

— Allons, monsieur Piquier. Soyez raisonnable. Il y a eu assez de malheur comme ça. Pensez à votre fils.

— Rien à foutre. C'est pas mon fils. C'est l'sien !

— Je suis sûr que vous allez me dire ce qui s'est passé.

— Et pourquoi j'vous raconterais ça ?

— Parce que je suis le seul en qui vous pouvez avoir confiance.

— Qu'est-ce qui vous fait dire ça ?

— Le fait que tous les deux, on est un peu pareils.

Je me mets à raconter une histoire. La vaste saga de mes malheurs fictifs. Ma femme partie avec un autre type. Les dettes impayables. Le patron insupportable. Les bouteilles de bière avalées devant la télé pour m'abrutir.

Le type m'écoute. C'est déjà ça.

Je lui fais comprendre que ça ne sert à rien de se foutre en l'air.

Je lui demande d'être raisonnable. Je patiente. Je l'entends s'agiter, marcher dans la demeure. Je vois se pointer Laroche. Avec lui, ça va être beaucoup plus expéditif. La négociation, c'est pas son genre.

J'insiste.

— Soyez raisonnable, monsieur Flandrin.

Comme si on pouvait être raisonnable après avoir tué sa femme.

C'est alors que la porte s'ouvre.

Le type, un petit dégarni, l'air perdu, les yeux rougis par les larmes, fait un pas en avant. Il n'a pas d'arme avec lui.

On s'approche lentement. Il ne bouge plus. La stagiaire lui passe les menottes. Il ne résiste pas.

Dans l'oreille du type je chuchote.

— C'est pas facile de renoncer à vivre.

Et il se met à pleurer.

On l'embarque.

Laroche vient nous féliciter.

— Bien joué.

— Ce n'était pas un jeu.

*

À mon retour au poste, on me passe De Witte au téléphone.

— Qu'est-ce que vous avez trouvé sur Watrin ?

— Le bonhomme était fiché pour une histoire de détournement de fonds il y a quelques années. Il est né en 1949 à Liège. On est passé chez lui, vu qu'il était mort. Une belle maison dans la banlieue de Bruxelles. C'est un célibataire. Les voisins en disent du bien. On a retrouvé dans son bureau des tas de billets d'avion entre Paris, Bruxelles et Kinshasa. En moyenne, un vol par mois depuis deux ans.

— Qu'est-ce qu'il allait faire tous les mois au Zaïre ?

— Il avait une petite entreprise d'exportation de pièces détachées d'ordinateur. On a retrouvé des documents chez lui.

— Ordinateur ? Vous avez dit ordinateur ?

— Oui ! Pourquoi ?

— Tchumo, quand il était en Afrique, travaillait pour son père qui avait une petite entreprise de réparation d'ordinateur. Et la mère de Tchumo, la Russe, pourrait être liée à de l'espionnage industriel informatique.

— Watrin et Tchumo pourraient donc avoir travaillé ensemble.

— J'en suis presque sûr !

— Vous en saurez peut-être plus chez vous.

— Comment ça ?

— Il avait un logement en France. Nous avons trouvé des quittances de loyer à son nom. Rue de la Libération à Arcueil. Vous connaissez ?

— Oui ! C'est juste au sud de Paris. Et c'est pas loin de l'aéroport d'Orly. Je vais tenter d'y jeter un coup d'œil. Vous me faxez ce que vous pouvez sur lui.

— Pas de problèmes. Bon courage.

— Merci.

— Et tenez-moi au courant. Le Zaïre, ça nous intéresse toujours un peu. On a la nostalgie, en Belgique.

— Je vois. Le temps béni des colonies. Je n'y manquerai pas.

Fin de la conversation.

Je trace une seconde flèche sur ma feuille entre Watrin et Tchumo.

J'appelle la stagiaire.

Elle est en train de rédiger le rapport d'intervention sur l'homicide Flandrin.

Je lui dis.

— Vous ne m'avez pas donné la liste des connaissances téléphoniques de Tchumo.

— C'est vrai ! J'ai oublié. Comme on a ralenti l'enquête, j'ai mis ça dans un coin. Je vous l'apporte.

Quelques secondes plus tard, elle vient avec une liste contenant une trentaine de noms. Celui de Watrin y figure. Et Tchumo l'a appelé deux fois en trois mois.

Tout s'est ensuite acceléré.

*

— Salut collègue ! Je ne sais pas comment tu as fait pour avoir l'adresse.

— Un coup de téléphone en Belgique et un peu de chance.

Le lieutenant Ecrouelles, un blond aux cheveux longs, d'une quarantaine d'années.

Il sort de sa poche un trousseau de clés.

— On les a retrouvées sur la victime.

J'ai hésité à venir moi-même. Je ne me sentais pas en état de conduire. Mais j'ai avalé deux pilules orange en me disant que ce n'était qu'une fatigue passagère. J'ai sans doute quelque part des ressources cachées.

Il ouvre la porte de l'immeuble. On inspecte les boîtes aux lettres.

— C'est au second.

— Tu m'en dis un peu plus ?

Il me raconte ce qu'il sait pendant la montée.

— Trois balles. Deux au cœur, une à la tête. Du 9 mm. Un travail de pro.

— Depuis quand ?

— On l'a retrouvé il y a deux jours mais ça faisait trois jours qu'il devait traîner dans son coffre.

— Et sur lui ?

— Rien sauf deux trousseaux de clés, un peu de pognon et le papier avec les numéros de téléphone.

— Comment avez-vous appris son nom ?

— Avec un peu de mal. C'était une voiture de location. On a retrouvé le loueur hier matin. Il nous a donné le nom de Fred Watrin, mais on pensait qu'il était faux. C'est le loueur également qui nous a dit qu'il avait un accent belge. Le juge a fait le lien entre nos deux affaires. Il avait lu un numéro de *Détective* où l'on parlait du meurtre de Tchumo et de rites africains. C'est grâce à toi qu'on a eu la confirmation de son patronyme.

Sur la sonnette il n'y a pas de nom.

Ecrouelles ouvre la porte.

L'appartement est un vaste studio où règne un certain désordre.

— Qu'est-ce qu'on cherche ?

— Je ne sais pas. On fouille et on voit après.

Le décor. Un canapé-lit, une penderie, une sorte de bibliothèque garnie de statuettes, de souvenirs africains, une petite table, deux chaises, une télé, une cuisine miniature.

On se répartit le travail.

Lui la pièce principale, moi le reste.

La petite salle de bains contient pas mal de produits de beauté. Fred Watrin prenait soin de lui.

Une voix. Le lieutenant m'appelle.

Je reviens vers lui.

Il a l'air satisfait.

— Regarde !

Il me montre un attaché-case avec un double fond.

— D'abord il y avait quelques journaux, un passeport diplomatique monégasque au nom de Frédéric Watrin, et un double fond dans lequel j'ai trouvé pas mal de pognon en liquide.

— Il avait des petits secrets, notre ami.

— Je ne te le fais pas dire. Quel besoin avait-il d'un passeport diplomatique ?

— Pour ne pas être contrôlé à la douane. Pour Monaco, on sait qu'il a un lien avec la Principauté. Une société. Pour l'argent, on peut imaginer qu'il en distribuait. Peut-être à Étienne et à d'autres Zaïrois comme ceux d'une association des étudiants congolais.

— Dans quel but ?

— Des services rendus, j'imagine.

— Il y avait ça aussi.

Il tient dans sa main un carnet d'adresses.

Je le parcours rapidement.

— Il y a le nom de Tchumo. Mais aucun autre de ceux qui semblent liés à l'affaire.

Le lieutenant paraît intéressé. Je lui donne quelques explications supplémentaires.

Il conclut.

— Cette histoire sent la merde.

J'aurais pas dit mieux.

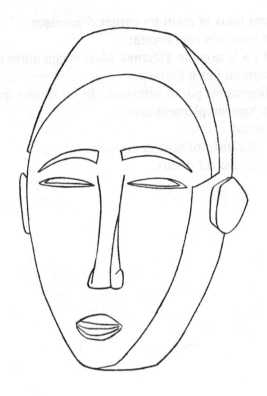

Masque de danseur de l'ethnie KONGO

*Le masque demeure inquiétant et dangereux car c'est un visage inerte as-
socié à une personnalité usurpée. Il dissimule pour abuser autrui tout en
subjuguant par l'intimidation, la terreur ou des manifestations artificielles.*

*On croit que les faux visages sont là pour dissimuler la réalité. En vérité
ce sont eux les vrais visages, et artificiels sont les visages qui se cachent
derrière eux.*

Mais on ne peut pas se cacher éternellement.

13

Sur Paris, ville capitale, domine un temps clair.

C'est dimanche.

Je suis à la tête de ma petite troupe.

Sonya dit.

— Il y a longtemps qu'on est pas sortis tous ensemble.

Fanette est moins enjouée.

— Tu parles ! Pour visiter un musée.

J'explique.

— C'est bien plus qu'un musée ! C'est une partie de notre histoire.

Ma femme fait un petit sourire en coin. Ma fille n'est toujours pas convaincue de l'intérêt de la visite.

Nous arrivons devant l'ancien Musée des Colonies qui marque la splendeur passée de la France.

Le besoin de m'imprégner d'un peu plus d'Afrique. Et on m'a parlé de masques envoûtants.

*

Papy au téléphone.

— Qu'est-ce que tu veux ?

— J'ai une info pour toi.

— Je bosse pas aujourd'hui. Je rentre d'un après-midi familial.

— Écoute quand même ! Le frère d'Étienne, il revient en France.

— Apollinaire Ougabi ? Comment sais-tu ça ?

— J'ai un vieux pote qui travaille encore à la police de l'air et des frontières. Je lui avais donné une série de noms liés à ton affaire. Il m'a rappelé. Le petit frère débarque par le vol de la *Sabena* qui fait escale ce soir vers 23 heures à Roissy.

— Qu'est-ce qu'il vient foutre ici ?

— D'après le visa, il vient visiter les châteaux de la Loire.

— Encore un touriste ! Et pour Dufour et Lambert ?

— J'ai encore rien. Mais on continue de chercher pour moi.

— Merci.

*

J'ai mis des lunettes noires pour l'occasion, bien que la nuit soit tombée. J'ai garé ma voiture tout près, juste derrière la station de taxis. J'ai acheté un billet de transport pour Paris. On ne sait jamais, il n'est pas question de le perdre.

Krief n'était pas chez lui, la stagiaire non plus. Chapot et Boltansky sont de permanence tout le week-end. Je pars à la filoche en solo. C'est pas vraiment la meilleure des choses à faire. Surtout après un meurtre.

L'avion est annoncé avec une demi-heure de retard. Juste le temps d'aller prendre un cognac, histoire d'accumuler un peu d'énergie.

Je reviens aux arrivées quand l'avion s'est posé. Il faut attendre encore un peu. Je me mets dans un coin, avec une bonne visibilité. Aucun signe des deux types de la DST.

Des passagers commencent à sortir. À leur couleur de peau, c'est le vol de Moscou.

Je me souviens de la mère d'Étienne. J'ai oublié de me renseigner un peu plus sur elle.

D'autres passagers arrivent encore. Des Africains. Et je le vois, Apollinaire, un grand sac de voyage à la main. Il jette quelques regards rapides autour de lui, dans toutes les directions. Personne ne vient à sa rencontre. Il se dirige vers la sortie.

Je me glisse à sa suite.

Il se met dans la file des taxis. Je me précipite vers ma voiture. Je retire le macaron police. On le prend en charge. Je démarre. Je laisse une voiture entre moi et le taxi. Un taxi bleu immatriculé dans le 93. Je note le numéro de la plaque. On ne sait jamais.

Il prend la direction de Paris. À cette heure la circulation est fluide et rapide.

Je suis nerveux, tendu. J'ai la gorge sèche. Les phares des voitures m'agressent.

Il ne prend pas la connexion en direction de Marne-la-Vallée. Il continue vers la capitale.

Dix minutes plus tard, il rejoint le périphérique intérieur pour prendre la direction de la porte d'Orléans.

Les portes défilent les unes après les autres. Où peut-il aller ? Le taxi se rabat pour sortir à la porte d'Italie. Il entre dans Paris. Il remonte rapidement l'avenue d'Italie et s'arrête devant un hôtel. *L'hôtel des Arcades*. Un trois étoiles qui semble assez chic.

Je me mets en double file à vingt mètres devant. Un connard, derrière, s'énerve au klaxon.

Apollinaire quitte le taxi. À nouveau il regarde autour de lui, comme s'il cherchait quelqu'un. Il entre finalement dans l'hôtel.

Je gare ma voiture n'importe comment. Je sors rapidement. Un coup d'œil en passant devant l'hôtel. Apollinaire est à la réception.

J'attends deux minutes. J'entre à mon tour.

La réceptionniste, une jeune femme d'une trentaine d'années, me fait un petit sourire.

Je lui mets ma carte de flic sous les yeux.

— Le type qui vient d'entrer. C'est quelle chambre ?

Elle est surprise.

— Quoi ?

— Le type, l'Africain, quelle chambre ?

— La 302.

— Il avait réservé ?

— Oui.

— À quel nom ?

— Monsieur Kivu.

— Kivu ?

— Oui, c'est ça !

— Vous avez un passe ?

— Je ne sais pas si j'ai le droit.

— Laissez tomber le droit. Ce type est un dangereux terroriste. Vous voulez qu'il fasse des dizaines de victimes innocentes ?

— Non, bien sûr.

— Alors donnez-moi le passe.

Elle sort de sa poche un trousseau de clés.

Elle en détache une.

— C'est celle-là.

Je la prends sans remercier.

Je me tape l'escalier jusqu'au troisième. Mon souffle est court.

Le couloir est sombre. Seule une veilleuse lumineuse me guide. Mon étoile.

J'avance en regardant les numéros. Voilà la chambre 302. J'écoute à la porte. Rien.

J'ouvre lentement avec le passe. C'est un bon hôtel car la porte ne grince pas.

J'entre.

Mon sang afflue, conflue, dans mes veines.

La chambre est à peine éclairée.

Il est là, le jeune frère, juste vêtu d'un bas de pantalon. Il se retourne. Il me regarde, surpris. D'un coup, il attrape un objet posé sur le lit. Une machette. Celle des crimes. Je sors mon arme de service. Il commence à gesticuler. Ses bras virevoltent. Il s'approche de moi.

J'ordonne.

— Ne bougez pas !

Il fait deux pas dans ma direction.

Je pointe mon arme de service vers lui.

— Ne bouge pas, Apollinaire.

Il s'arrête et demeure immobile.

Il transpire. Ses mains tremblent. Sa voix trahit la peur.

— Qu'est-ce que vous faites là ? C'est un piège ?

— Un piège ? Pourquoi ?

— C'est vous qui m'avez fait revenir du Zaïre ?

— Moi ? Pas du tout !

— Pourquoi êtes-vous là alors ?

— Sans doute pour vous écouter et pour comprendre.

— Que voulez-vous comprendre ?

— Tout ! Vous, votre frère, le Zaïre. Tout ce qui fait que je suis ici alors que je n'aurai jamais dû y être.

Il me regarde longuement.

— Je ne comprends plus rien.

— Qui vous a fait revenir en France ?

— Qui ? Je ne sais pas vraiment.

— Pourquoi vous a-t-on fait revenir alors ?

Il marque un temps.

— C'est que… l'histoire est longue.

— Je vous écoute.

Alors il recule, alors il s'assoit sur le lit, tandis que moi, je demeure immobile dans l'entrée de la chambre. Et il se lance dans une sorte de long monologue, plein d'images et de digressions, dans lequel il me raconte son pays, son père, sa vie. Une saga familiale vécue par un pauvre type un peu paumé, un peu malheureux, et dont l'icône obsédante du père patriarche a sans doute bousillé la vie.

Il conclut.

— Alors on est venu me parler.

— Qui ça ?

— Plusieurs personnes. Des Blancs et des Noirs. On m'a dit que je pouvais faire quelque chose pour mon pays. J'ai dit oui. Je n'avais pas vécu l'indépendance. Je voulais avoir mon rôle. Avoir une quelconque utilité. C'est plus tard que j'ai compris la manipulation. On m'a dit que mon frère, il n'était pas bon pour le pays. On m'a montré des documents. On m'a préparé. On m'a fait venir une première fois en France. Mais finalement j'ai refusé de le trahir.

— Comment est mort Étienne ?

— Je ne sais pas. Je sais simplement que ce n'est pas moi.

L'ensemble de son récit semble sincère. Il a eu un terrible besoin de s'allonger sur le divan. J'ai servi de psy.

— Et la machette ?

— Elle était déjà dans la chambre quand je suis arrivé. On m'a dit de prendre l'avion, de venir dans cet hôtel, que j'avais une chambre réservée, et qu'un homme que je connaissais allait venir.

— Un homme que vous connaissiez ?

— Oui ! C'est ce qu'on m'a dit. Et vous êtes venu.

Il baisse les yeux.

— Qu'allez-vous faire maintenant ?

— Je ne sais pas. Il y a plusieurs personnages qui ont un rôle curieux dans cette histoire. Quel est le rôle de votre mère, par exemple ?

— Ma mère ?

— Oui ! On m'a dit qu'elle était membre d'une secte et que...

Soudain. Soudain je sens quelque chose. Un parfum fort et musqué. Je me retourne. Les deux types de la DST. Dufour et Lambert. Même costume, même sourire carnassier.

J'aurais dû m'en douter.

— Qu'est-ce que vous faites ici ?

— Notre boulot !

— Quel boulot ? C'est la piste russe ou la piste africaine que vous suivez ?

— Ce n'est pas votre problème !

— Et le petit frère ? Quel rapport a-t-il avec cette histoire ?

— Plus aucune !

Je fais une erreur. Juste le temps d'observer le petit frère, apeuré...

Alors. Alors je sens le choc derrière mon crâne. Puis mes idées s'embrouillent. Puis ma vue s'emmêle. Puis le grand vide.

*

Une pénible sortie des brumes. Un difficile réveil. Mon crâne me fait souffrir et je tiens mon arme de service à la main. Apollinaire Ougabi est là, devant moi, allongé, mort. Deux trous rouges au côté. Mon arme de service, celle dont je ne me suis jamais servi.

— Les pourritures !

Je sors dans le couloir. Deux personnes arrivent en même temps. Un client et la réceptionniste.

— Vous avez vu quelqu'un ?

Le client explique.

— J'ai entendu deux coups de feu. J'ai prévenu la réception.

— Vous n'avez pas vu passer deux hommes ?

L'un et l'autre font des signes négatifs.

Je suis dans la merde. Personne ne croira que je n'ai pas tué ce pauvre type.

Ça passera pour de la légitime défense. Tout le monde sera d'accord avec moi. Mais je sais que je me suis fait enculer par les deux types de la DST.

Une seule chose à dire.

— Appelez les secours !

De profundis

Quand Basile Tchumo a appris la mort de son premier fils, il a pleuré.

Quand Basile Tchumo a appris la mort d'un autre de ses fils, le plus jeune, il a pleuré.

Car il savait qu'il était responsable, mais qu'il ne pouvait faire autrement.

Ainsi l'Afrique reste cruelle pour ses enfants, s'est-il dit pour se pardonner à lui-même.

Mais le pardon, il ne le gagnera pas. Car les quatre cavaliers de l'Apocalypse sont là, cachés, masqués, prêts à lui demander l'âme qu'il leur a vendue un bon prix.

14

Au *Bar des sports*.

Krief explique tandis que je m'assois.

— Ça ne se passe pas trop mal. Le rapport t'est favorable. Il y avait bien ses empreintes sur la machette.

Je suis sombre.

— On ne sait toujours pas qui a tué qui dans cette histoire. Sauf moi qui aurais tué Apollinaire. Si j'en crois mon intuition, on s'est fait manipuler depuis le début par les types de la DST. Il n'y a jamais eu d'espions russes. Et je suis sûr que la bagnole blanche qui était devant l'immeuble d'Étienne était bien la leur.

Papy semble d'accord.

— Dufour et Lambert, ils sont de la cellule Afrique. On me l'a confirmé. Ce sont deux anciens gendarmes. Ils ont été en poste dans plusieurs ambassades. Brazzaville. Kinshasa. N'Djamena. Djibouti. Avant d'être affectés à la DST.

— Je commence à y voir un peu plus clair dans leur jeu.

— Ces types-là sont intouchables, même si on parvient à mettre la main dessus.

— Il y a d'autres détails qui posent problèmes. Trop

225

de hasards, trop de découvertes, trop de fils qui s'emmêlent. Ces deux agents de la DST, par exemple, c'est
comme s'ils étaient au courant de tous mes faits et gestes.
Et tous ces morts qui se sont accumulés sur mon passage. Ils ont tout fait pour que je sois mis en relation avec
le petit frère, et pour faire croire que je l'avais descendu.
Comment ? Ils se sont arrangés pour que j'apprenne son
retour. Grâce à toi, Papy.

— Moi ?

— Oui ! Ton type, celui de la police de l'air et des
frontières, il a aussi été manipulé par la DST. On lui a
donné l'info pour qu'à ton tour tu me la donnes. Je ne
crois pas au hasard. Le jour où on a eu besoin de réo-
rienter l'affaire, l'information est arrivée.

Krief ajoute.

— Et dès qu'on s'approche de quelque chose d'im-
prévu, ils éliminent la piste. Je pense surtout à Kodjo et
à Roger. Quant au Belge…

Soudain. Soudain, une pensée m'explose à la gueule.

— Merde !

— Quoi ?

— Tharcisse ! Si ces types sont cohérents ils vont s'en
prendre à lui. Il connaît Étienne et Kodjo. Et c'est pas
dans leurs habitudes de laisser des traces.

— Tu as raison ! Je m'en occupe.

*

Krief revient une demi-heure plus tard.

— Tharcisse n'est plus chez lui. D'après les voisins, il
est absent depuis plusieurs jours.

—On est trop cons. Vraiment trop cons. On aurait dû lui proposer une protection.

—On pouvait pas prévoir.

—J'ai été trop faible ces derniers temps. Surtout depuis la mort de Kodjo. Si c'est comme Kitsu, on n'est pas près de le retrouver. On lance l'avis de recherche. Même si je crois qu'on ne retrouvera pas son corps.

—Qu'est-ce qu'ils ont tous, ces Africains ? Pourquoi on s'acharne contre eux ?

—Les pistes s'emmêlent. On y comprend plus rien.

—C'est fait exprès !

La stagiaire demande.

—Dans quel but ?

—Pour nous détourner de la vérité.

—Quelle vérité ?

—Un truc très pourri, un marigot puant, dans lequel on retrouve des Français, des Belges, des Zaïrois, des Africains, du pognon, de la politique, du crime et beaucoup de merde. Mais le lien entre tout ça, jeune fille, nous ne le connaîtrons sans doute jamais.

*

Je suis seul chez moi.

Ma fille est chez une copine, ma femme en répétition à Paris.

J'ai passé une sale nuit. Un rêve où des sorciers masqués me suivaient sans cesse. J'ai pourtant le sentiment d'aller un peu mieux. Ma demande de mutation est sur le bureau du patron. Ma femme est candidate pour

227

l'orchestre du *Capitole* de Toulouse. Une nouvelle vie peut commencer. Il faut pourtant que je boucle l'affaire Tchumo avant de partir.

La sonnerie de la porte.

Je pense.

— Qui vient me faire chier à cette heure ?

Je lance vivement.

— J'arrive.

J'ouvre. Le choc. Ils sont deux. Eux deux.

Le rougeaud me lance un petit sourire et son poing dans la gueule.

Sans rien comprendre je m'effondre au sol. Encore une fois, le grand vide, le grand nulle part, autour de moi.

*

Attaché, les pieds, les poings, liés. Et ce sentiment que ma vie ne vaut plus grand-chose.

Il fait sombre. La pièce sent le moisi. Une canalisation goutte, goutte, lentement sur le béton du sol.

Une mâchoire douloureuse, une fièvre assaillante, une envie de pisser, un corps qui ne répond plus.

Je sais maintenant que je vais crever avant l'heure. Personne pour me délivrer.

Ce n'est pas vraiment la fin prévue. Pourtant...

Mes pensées s'éparpillent. Je ferme les yeux. Trois larmes glacées qui me glissent sur la joue. Je pense à la chanson de Craonne. *Adieu la vie, adieu l'amour, adieu toutes les femmes...*

Et tout revient. Tout. En fragments ordonnés.

Tout ce qui m'a conduit jusqu'ici. Comme une série de grands flashes où le passé et le présent se mêlent, s'emmêlent.

Une porte s'ouvre en grinçant. Un mauvais hôtel, celui-là.

Ce sont eux. Encore eux. Toujours eux. Le rougeaud et l'autre, plus sec. Agents de la DST, agents des dieux cruels, agents de qui tu veux.

Les jeux sont faits.

Dire que je ne profiterai pas de ma complémentaire retraite. Bien fait pour moi. Ça sert à rien d'être prévoyant.

Quelques secondes pour regretter ma vie. Non ! je ne regrette rien. Je pense à ma femme, à ma fille, à l'affaire Cousin. Je ne saurai jamais qui est *la hyène*.

Et le reste ?

Étienne, Kitsu, les masques du musée, l'histoire de l'Afrique, De Witte, la stagiaire, Papy, Krief, Kodjo, les souvenirs d'Apollinaire, les douleurs de l'enfance...

Quelques regards échangés.

Dufour, le sec, prend la parole.

— On a plus besoin de toi.

— Qui dit ça ?

Alors de l'ombre sort une ombre.

— Moi.

Je reconnais la voix.

— Tharcisse !

— Oui, monsieur le commandant. J'ai décidé que vous étiez trop impliqué dans cette affaire pour vous laisser vivre.

— C'est vous qui êtes derrière toute cette affaire ?

— Non ! Je ne suis que le représentant d'intérêts bien supérieurs.

— Vous nous avez manipulés depuis le début.

— Vous n'aviez qu'à vous mêler de vos petites enquêtes.

— Pourquoi avez-vous fait tout ça ?

— Tout ça ? Mais tout ça, ce n'est rien. Ce ne sont que des broutilles. Vous n'avez aperçu que les à-côtés d'une lutte terrible pour le contrôle de l'Afrique centrale et de ses richesses. Ne me faites pas de reproches. Pourquoi voulez-vous que les Noirs soient moralement meilleurs que les Blancs ? Nous avons été à bonne école.

— Que font ces deux types de la DST avec vous ?

— La France a choisi son camp. C'est le même que le mien.

— Pourquoi tous ces morts ?

— Des morts ? Quels morts ? Les esprits ne meurent pas.

Puis le silence.

Tharcisse retourne dans l'ombre.

Alors. Alors Dufour, le sec, sort une arme de sa poche.

Avec calme il me vise. Je parie pour du 9 mm. Comme Fred Watrin.

Kinshasa (République Démocratique du Congo), 17 janvier 2001, 16 h 34 (Agence de presse) — Mort de Laurent-Désiré Kabila.

Annonce officielle aujourd'hui de la mort de L.-D. Kabila alors qu'on laissait planer le doute depuis 24 h sur son état de santé. C'est finalement de trois balles tirées à bout portant par un jeune soldat de la garde, Rachidi Minzele Kasereka, que le président autoproclamé de la RDC est mort hier en début d'après-midi.

Il était 13 h 45, quand le jeune kadogo originaire de l'est du pays a abattu L.-D. Kabila. Les circonstances exactes sont peu claires et risquent de le demeurer car l'auteur du méfait a lui-même été tué peu après par le colonel Eddy Kapend.

Celui que l'on surnommait le Msée (le vieux en langue swahili) s'était fait bon nombre d'ennemis, que ce soit à l'intérieur ou à l'extérieur du pays.

Il avait pris le contrôle du pays en mai 1997, après la fuite de Mobutu. Soutenu par le Rwanda et l'Ouganda il s'était investi des pleins pouvoirs et régnait sans partage sur un pays où la corruption et l'absence de liberté allaient encore croître. Il avait transformé son pays en champ de bataille et la plupart des pays voisins étaient plus ou moins ouvertement intervenus dans l'ex-Zaïre.

Dans les capitales européennes on gardera en mémoire l'image ronde et souriante du visage de L.-D. Kabila. Mais ce masque cache bon nombre de secrets que des années de clandestinité n'ont fait qu'amplifier.

Originaire du Katanga où il était né en 1939, cet ancien partisan de Patrice Lumumba avait rejoint l'insurrection après la mort de celui-ci. Plus tard, il avait reçu, en son temps, le Che Guevara. Il restera confiné à la frontière burundaise pendant de longues années d'où il lancera un certain nombre d'affaires commerciales et prendra contact avec certains des dirigeants des pays voisins.

Il restera cependant toujours opposé à Mobutu et acceptera de prendre la tête en 1996 d'une coalition d'opposants, l'ADLC. Il arrivera rapidement au pouvoir en changeant au besoin d'alliés ou en éliminant ses adversaires.

Quatre ans après son accession à la tête de l'État, il ne restait plus grand-chose du maigre héritage de Mobutu.

Reste à connaître les commanditaires et les bénéficiaires de l'assassinat.

S. R.

NOTE

L'auteur remercie Abdourahman A. Waberi et conseille la lecture de ses livres ainsi que ceux de François-Xavier Verschave.

DU MÊME AUTEUR

Aux Éditions Gallimard

Dans la collection Série Noire
L'IVRESSE DES DIEUX, n° 2640

Aux Éditions Le Passage

OR NOIR PEUR BLANCHE, 2003
DES RIVES LOINTAINES, 2004

Composition Nord Compo.
Reproduit et achevé d'imprimer sur Roto-Page
par l'Imprimerie Floch à Mayenne
le 25 octobre 2004.
Dépôt légal : octobre 2004.
Numéro d'imprimeur : 61362.
ISBN 2-07-031423-X / Imprimé en France.